8,-

Yorck Kronenberg

Was war

Roman

Literaturverlag Droschl

Die Literatur jedoch entfernt sich vom Leben,
weil sie das Leben zum Schlaf macht.
    Fernando Pessoa, *Das Buch der Unruhe*

Quoth the Raven, »Nevermore.«
    Edgar Allan Poe, *The Raven*

I

Ich besuchte Frau Beck damals oft. Sie war fast so alt wie meine Oma, ging aber nicht wie diese am Stock und beschäftigte sich auch nicht mit Büchern. Aber sie lebte im selben Haus wie meine Oma, nur ein Stockwerk tiefer. Freilich wirkten die Wohnungen der beiden alten Frauen sehr verschieden, die Zimmer meiner Großmutter waren weiß und gelb, während Frau Becks Zimmer mir in der Erinnerung erdfarben erscheinen. Auch erinnere ich mich an kleine Vasen und allerlei Nippes, Porzellanfiguren etwa, Rehe, ulkige Zwerge und posierende Tänzerinnen, die ich gern in Händen hielt und drehte und von allen Seiten bestaunte. Ich argwöhnte schon damals insgeheim, dass diese Dinge keinen rechten Wert besaßen; doch war das wahrscheinlich in der Art meiner Oma gedacht. Sie fügten sich jedenfalls zu einer ganzen Galerie, und zusammen mit dem Häkelzeug, das auf dem Tisch oder der Fensterbank lag, und dem Geruch nach Gebäck und Gewürzen bildeten sie eine eigene Welt, eben die Welt der alten Frau Beck. Übrigens sprach Frau Beck nie sehr viel. Ob sie mich mochte und sich über meine Besuche freute, weiß ich nicht. Vielleicht duldete sie mich nur als Enkel ihrer Nachbarin. Meine Oma hieß Paulhofer, wurde von Frau Beck aber – und ohne ersichtlichen Grund – immer nur Frau Doktor genannt.
Ich kann nicht sagen, wann ich zum ersten Mal bei ihr gewesen bin. Meine Eltern hatten sich früh voneinander getrennt, ich lebte bei meiner Oma, und so wird sich diese erste Begegnung mit Frau Beck in einer Zeit seltsamen Traumerlebens ereignet

haben, in frühester Kindheit. Vielleicht hat das Kind, das ich war, die dicken Finger nach ihr ausgestreckt, Frau Beck nahm mich in den Arm und ging unbeholfen mit mir auf und ab. Sie sang ein Lied. Meine Oma stand im Hintergrund und erzählte von den Blumen auf ihrem Balkon oder von ihrem Mann, der im Krieg verstorben war, das tat sie Frau Beck gegenüber oft. Und obwohl sie gern und laut lachte, traten ihr dann manchmal Tränen in die Augen. An eine solche Begegnung indes kann ich mich nicht erinnern; wenn ich später, noch immer klein, aber doch schon ein Junge, an Frau Becks Tür stand und klingelte, war die alte Frau Teil meines täglichen Lebens, war mir vertraut wie der Roller im Hof, wie die Bäume der nahegelegenen Apfelplantagen oder die Brüder Santori im Erdgeschoss, mit denen ich im Sommer Sandburgen baute.

Auch Frau Becks Mann war gestorben, viel später freilich als mein Großvater. Sein Bild hing, gerahmte Farbfotografie, über dem Esstisch und gab mir eine vage Vorstellung davon, dass nicht alle Männer so liebenswert und tapfer waren wie der eigene Großvater in den Erzählungen meiner Oma: Der Mann auf dem Foto wirkte streng, trug einen abgezirkelten spitzen Bart und kurzes Haar, und obwohl er lächelte, schienen seine Augen mir unheimlich, düster, tief blickend. Im Gegensatz zu meiner Oma sprach Frau Beck nie von ihrem Mann, das war mir lieb, obwohl ich manchmal nach ihm fragte. Im Nachhinein scheint es mir sonderbar, warum der Junge sie überhaupt so oft besuchte: Wir sprachen wenig miteinander. Zwar klopfte sie mir von Zeit zu Zeit auf die Schulter oder strich mir gedankenverloren mit der Hand über den Kopf, doch geschah das eher nebenbei und ohne dass die alte Frau es überhaupt zu bemerken schien. Meine Oma sagte manchmal, Frau Beck sei einsam, doch ließ sie selbst sich manchmal wochenlang nicht bei der Nachbarin blicken.

An einem Abend im Winter traf ich mit Frau Beck im Hausflur zusammen. Ich kam vom Hof, wo ich mit den Santori-Brüdern Schneebälle gemacht und ein ganzes Arsenal von Geschossen hinter der Hecke aufgetürmt hatte. – »Na, hast im Schnee gespielt, Andi?« fragte die Alte und lächelte mir zu. »Hast ja ganz nasse Haare. Hast du denn keine Mütze?« Sie sah mich mit zusammengekniffenen Augen an. »Da sollte deine Oma aber aufpassen.« – Wir gingen in ihre Wohnung, sie kochte Tee und stellte eine bunte Blechbüchse auf den Tisch. Ich kannte diese Dose schon, und während die alte Frau in der Küche beschäftigt war, kämpfte ich mit der Versuchung, schon jetzt den Deckel zu öffnen und zumindest einen Blick zu werfen auf all die gedrängte Köstlichkeit, die sich darunter verbarg. Frau Beck erschien mit einem Tablett, stellte die dampfende Kanne auf den Tisch, zwei Tassen und Unterteller. Ich denke mir heute, dass sie auf ihr Geschirr stolz gewesen ist, es war wie ihre liebevoll auf Borden und Simsen drapierte Figurensammlung aus Porzellan, goldgerändert, in Frau Becks Wohnung war alles anders als bei Oma. An diesem Abend begegnete ich ihrem Mann: Die alte Frau und ich saßen am Tisch, Frau Beck hielt das Kreuzworträtsel einer Zeitung in Händen. Einmal wandte sie sich zu dem Stuhl mir gegenüber und murmelte: »Griechischer Göttervater mit vier Buchstaben. Weißt du das, Hans?« Währenddessen rührte sie mit einem Löffel in ihrer Tasse. Auf einmal hielt sie inne, doch war dieses Innehalten das einzige Zeichen dafür, dass ihr das Ungewöhnliche ihrer Worte überhaupt zu Bewusstsein gekommen war. Und w a r schließlich etwas Ungewöhnliches an der Frage? – Griechischer Göttervater mit vier Buchstaben, dachte ich und spürte eine seltsame Beklommenheit in mir aufsteigen.
In der Nacht schlief ich unruhig. Griechischer Göttervater mit vier Buchstaben ... Ich fragte mich, warum der Göttervater

ausgerechnet vier Buchstaben besaß, ich wusste nicht genau, ob das viel oder wenig war, ein reicher Schatz schien es mir nicht zu sein. Griechischer Göttervater ... Ich selbst kannte keine Griechen, dachte aber an Santoris im Erdgeschoss und stellte mir einen Griechen ähnlich vor wie Vater Santori: groß, kräftig, mit schwarzem lockigem Haar und breitem Grinsen. Sieht aber so ein Göttervater aus? Wer ist das: der Göttervater? Die Bezeichnung Gott Vater hatte ich wohl schon gehört, und jetzt stellte sich heraus, daß er Grieche sei? Und dann Hans. Wer war das? Im Traum sah ich einen Mann namens Hans durch die mir vertraute erdfarbene Wohnung schreiten, sein abgezirkeltes spitzes Bärtchen durchschnitt die Luft, der Körper bewegte sich hektisch und ungelenk wie eine Maschine. Mit starr aufgerissenen Augen, die Lippen zu kühlem Lächeln geschürzt, begutachtete er Vasen und Blumentöpfe, mich aber nahm er gar nicht wahr.

Am Frühstückstisch war ich müde, doch obwohl ich Oma danach hatte fragen wollen, kamen mir die Worte ›Griechischer Göttervater mit vier Buchstaben‹ nicht über die Lippen.

Etwas hatte sich verändert zwischen Frau Beck und mir, in der folgenden Zeit besuchte ich sie nicht, ja, ich huschte im Treppenhaus an ihrer Tür so schnell und leise vorüber, wie ich nur konnte. Hätte mich Hans nicht aber dennoch hören können? Griechischer Göttervater mit vier Buchstaben, dachte ich manchmal, ich stellte mir riesige unsichtbare Zeichen vor, vier Stück, die wie ein Nebel auf die Welt sinken und uns Menschen mit einem Bann belegen. Es schneite viel in dieser Zeit. Sah ich Schuhabdrücke im Schnee, so fantasierte ich, dass es die Menschen nicht mehr gebe, die hier gelaufen waren, dass sie längst unsichtbar geworden seien, wie Hans. Ich atmete auf, wenn Antonio, der jüngere der Santori-Brüder, mich bei der Hand nahm und mich aufforderte, den Schlitten zu zie-

hen. Zu anderen Zeiten fragte ich mich inmitten der weiten weißen Landschaft, ob ich nicht selbst unsichtbar geworden sei. Nur Oma vielleicht hätte mich noch sehen können, ich wünschte es mir, die Angst aber blieb bestehen, bis ich wieder bei ihr in der Wohnung war.
Meine Oma war eine gütige, lebensbejahende Frau mit weißem Haar, ich glaube nicht, dass sie mir gegenüber jemals grob oder laut geworden ist. Eine liebenswerte Ruhe und Weltoffenheit war ihr eigen, sie knüpfte schnell auch zu Fremden Kontakte. Nicht, dass wir allzu oft Besuch gehabt hätten; fuhren wir aber im Bus oder in der Bahn, so ergaben sich mit den verschiedensten Menschen Gespräche, und fast immer hatte ich am Ende solcher Unterhaltungen den Eindruck, dass die unbekannten Gesprächspartner meiner Oma nicht allein Herzlichkeit, sondern geradezu Dankbarkeit entgegenbrachten. Mit Frau Beck hingegen ging sie nur selten um: vielleicht war deren unüberwindliche Scheu vor der ›Frau Doktor‹ ein Grund dafür. Bei mir erkundigte sich Oma hin und wieder nach der Nachbarin, und sie war es auch, die mich eines Tages beauftragte, der alten Dame die Hälfte einer Gans hinunterzubringen, deren andere Hälfte wir am Nachmittag verspeist hatten.
Mit Unbehagen im Bauch stand ich vor ihrer Tür. Ich hatte schon die Hoffnung, Frau Beck sei nicht zu Hause. Ich schämte mich des Wunsches, die Schüssel einfach vor die Tür stellen und die Treppe wieder hinauflaufen zu dürfen. Im nächsten Moment aber waren von drinnen Schritte zu hören, mit gewohnter Beiläufigkeit schob mich Frau Beck durch den Türrahmen und dann den Wohnungsflur entlang. – »Für mich?« fragte sie mit knarrender Stimme und reckte eine alte dürre Hand nach der Schüssel. »Riecht ja lecker! Willstn Tee?«
Ich saß am Tisch, Frau Beck spülte in der Küche Geschirr ab und sang ein Lied. Vor mir auf dem Tisch stand eine verschlos-

sene Blechdose, ich stellte mir die Kekse im Innern vor und die Hand eines Fremden, die sich nach ihnen ausstreckt: Hans, dachte ich. Die Fotografie eines Mannes hing an der Wand und sah streng auf mich herab: Hans, dachte ich. Natürlich wusste ich, dass niemand im Zimmer war. Und doch fühlte ich mich beobachtet, als ich gleich darauf eilig den Deckel anhob und aus der Dose einen Keks nahm. Ich hörte Frau Beck singen, irgendwo im Haus wurde eine Tür zugeschlagen, der Fahrstuhl setzte sich weit unten in Bewegung. Ich stopfte den Keks in den Mund und kaute hastig darauf herum. Mein Mund war so trocken, jetzt füllte er sich mit Sand. Ich verschloss die Dose, ging zum Fenster und blickte hinaus. Toni und sein Bruder Lorenzo spielten im Garten Fußball, die Apfelplantagen sahen trostlos und erdig aus, nur hier und dort einmal funkelte noch ein Streifen Schnee. Ich versuchte zu schlucken, hustete, presste eine Hand an die Lippen. Frau Beck kam herein und stellte ein Tablett auf den Tisch. – »Das ist aber nett von deiner Oma, das mit der Gans«, krächzte sie. Sie setzte sich an den Tisch, schenkte Tee ein und schien mich weiter gar nicht zu beachten. Ich sah aus dem Fenster und wünschte mich fort, weit fort.

Dann saßen wir nebeneinander, wieder war ein Stuhl am Tisch freigeblieben, Frau Beck kümmerte sich aber gar nicht weiter darum und auch ich vermied jeden Blickkontakt mit dem Fremden. – »Du hast doch bessere Augen als ich«, sagte die Alte und reichte mir eine Zeitschrift. Sie deutete mit der Hand auf eine Reihe fratzenhafter Zeichnungen und fragte: »Kannst du sie entdecken?« – »Wen?« gab ich unsicher zurück. – »Es ist eine Maus in diesen Bildern versteckt, eine kleine Maus. Wer sie findet, kann beim Preisausschreiben ein Auto gewinnen.« – Ich suchte angestrengt, fuhr sogar mit dem Finger über die Zeichnungen, um kein noch so kleines Detail zu übersehen

– es war vergeblich. Frau Beck zuckte mit den Schultern. »Macht ja sowieso nix. Kann ja doch kein Auto fahren.«
Ich stand auf, verabschiedete mich schnell und verließ die Wohnung.
Am Abend schaute ich heimlich unters Bett, bevor Oma das Licht ausschalten durfte. Dann lag ich auf einem Floß, das auf dem Meer schaukelte, und hielt mich an meiner Decke fest. Die Geräusche von Schritten im Treppenhaus waren mir unheimlich, ich konnte mir vorstellen, selbst wie ein Gespenst im Haus umzugehen, hinaufzuschweben in den Himmel oder hinab bis in jene dunklen Winkel, die sich unter allen Wohnungen wie Wurzeln tief ins Erdreich gruben. Hans, dachte ich schaudernd. ›Griechischer Göttervater mit vier Buchstaben‹, die Worte hatten schon einen ganz eigenen magischen Klang. Sie waren zur Formel geworden, sie beschworen eine Welt des Verborgenen, der auch Frau Becks Wohnung schon halb angehörte. Oma verkörperte die Welt des Tages, anpackendes Lachen, weltzugewandte Trauer, Frau Beck hingegen in ihrer selbst gestrickten Jacke, den billigen Pantoffeln und weiten Röcken – Frau Beck löste Kreuzworträtsel und suchte Mäuse, die nur ein Wesen wie Hans vielleicht hätte entdecken können. Nein, i c h hatte keine so guten Augen, gewiss nicht, obschon ich jetzt in der Dunkelheit doch jene Schlieren zu erkennen begann, zu denen sich die Luft in der Mitte meines Zimmers staute. Ich verkroch mich unter der Bettdecke.
Oma war religiös. Abends an meinem Bett sprach sie Gebete. Ihr Glaube war unkompliziert und selbstverständlich. Die Trauer um den früh verstorbenen Ehemann war echt und tief empfunden, doch wurde sie versöhnt durch die Gewissheit, dass »Großvater Alfred«, wie Oma ihn mir gegenüber manchmal nannte, jetzt »geborgen« sei. Über ihrem Bett hing ein

Foto des verstorbenen Gatten, es war eine alte Schwarz-weiß-Aufnahme, die ihn in Uniform zeigte, er lächelte etwas verlegen und schien selbst über seine Kleidung zumindest verwundert zu sein. Immerhin war er zuvor Architekt gewesen, kein Polizeibeamter, kein General. Trotzdem wird er eine ähnliche Uniform auch am letzten Tag seines Lebens getragen haben, auf einem der Schlachtfelder, fern von Heimat und Familie. Allzu weit reichende Grübeleien und metaphysische Spekulationen jedenfalls waren Omas Sache nicht; sie lebte mit den Bildern ihrer Vergangenheit in einer beruhigten Gegenwart. Sie war mit ihrem Leben zufrieden. Die eigene Zukunft erwartete sie ohne Furcht. Sie hatte Schmerzen beim Gehen, sie humpelte; manchmal, wenn sie sich auf einen Stuhl setzte, stöhnte sie unvermittelt auf. Gleich darauf aber witzelte sie schon selbst über sich. Ihr koketter Spott über eigene Gebrechen wirkte mitunter derart mitreißend, dass ich hell auflachte.

Ich traf Hans im Fahrstuhl, er beobachtete mich. Das Fahrstuhlinnere war ein kleines Kabinchen, in dem höchstens drei Erwachsene Platz fanden. Noch hielt ich meinen Fuß in der Tür, ich wusste: es erfordert Mut, eine solche Fahrt anzutreten. Vielleicht fuhr ich in dieser Zeit überhaupt nur deshalb mit dem Lift, um die eigene Angst herauszufordern. Ich ließ die Tür zufallen, drückte die Taste mit der Zahl fünf. Polternd setzte sich der Lift in Bewegung. Ich presste mich mit dem Rücken gegen die Wand und spürte doch noch immer von hinten den Blick des Fremden auf mir ruhen. Ich drehte mich um – schon schwebte er in der anderen Ecke des Kabinchens und sah stumm auf mich herab. In einer Mischung aus Furcht und Neugierde versuchte ich, ihn in der Luft zu ertasten, griff sogar einmal nach seinem spitzen Bärtchen … Wahrscheinlich verzog der Fremde nicht einmal eine Miene. Der Fahrstuhl erreichte sein Ziel, ich stürzte hinaus ins Treppenhaus. Während meiner halsbrecherischen Flucht spürte ich die Gegenwart des Fremden immer schmerzlicher, wusste seine Finger mir von hinten näher und näher rücken, empfand die Kälte, mit der er mich packen und zurückhalten würde, schrie vor Grauen auf oder wich im letzten Moment zur Seite, so dass der unsichtbare Angreifer ins Leere griff. Wie durch ein Wunder erreichte ich die Wohnungstür, durchwühlte in Panik meine Hosentaschen nach dem Schlüsselbund, wusste mich bereits in unmittelbarer Nähe des einzig sicheren Rückzugsortes, klammerte mich mit aller Gewalt am Türknauf fest; womöglich verlosch in einem solchen Moment auch noch das Flurlicht, und endlich taumelte ich aus der völligen Dunkelheit des Treppenhauses in unsere Wohnung. Oma begrüßte mich wie gewöhnlich mit den Worten: »Na mein Junge, schön gespielt?«

Am Abend saßen wir an unserm kleinen Tisch im Wohnzimmer. Oma hatte auf ihrem Sessel Platz genommen und eine Decke über die Beine gelegt. Wir knabberten Salzstangen und spielten Mensch-ärgere-dich-nicht. Hans hatte zu diesen Räumen keinen Zutritt. Es war, als gäbe es ihn nicht und als hätte es ihn niemals geben können, ich dachte überhaupt nicht an ihn. Ich jubelte, wenn ich mit dem Würfel eine sechs warf oder wenn ich eine von Omas Spielfiguren aus dem Feld schlagen konnte. Sie selbst hingegen nahm Niederlagen nicht allzu ernst. Mitunter schien es mir sogar, als übersehe sie bewusst Gelegenheiten, meine Figuren zu schlagen, darüber ärgerte ich mich immer.

Kurz vor der Zeit, als ich zu Bett gehen musste, klingelte es an der Tür.

»Willst du gehen?« fragte mich Oma. Obwohl eine gewisse Beklommenheit in mir aufstieg, nickte ich doch mit dem Kopf und stand möglichst unbefangen von meinem Platz auf. Würde die Schwärze des Treppenhauses mich wie ein Sog erfassen und aus der Wohnung zerren? Als ich vor der Tür stand, fragte ich wie beiläufig: »Soll ich aufmachen?«, und öffnete erst genau in jenem Moment die Tür, als Oma mich anblickte und mir zunickte.

Das Treppenhaus war hell erleuchtet, Mama stand vor der Tür. Sie trug das schwarze Haar offen, hatte einen langen Mantel nur eben über die Schulter geworfen und sah sehr verwirrt aus. Sie beugte sich zu mir herab, sagte: »Hallo Andi«, wusste aber darüberhinaus offenbar nicht allzuviel mit mir anzufangen und umarmte mich dementsprechend unsicher. »Ist Oma da?« fragte sie und richtete sich wieder auf. Ich wies mit der Hand in Richtung Wohnzimmer.

Später am Abend schickte mich Oma mit einem kleinen Auftrag zu Frau Beck hinab, wahrscheinlich wollte sie Zeit gewinnen, um ungestört mit Mama reden zu können. Ich durchschaute das. Es war schon spät, doch war ich nicht müde. Reise und Abenteuer lagen in der Luft, ich empfand Nervosität, Angst, gleichzeitig aber auch so etwas wie eine aufgeregte Freude. In Socken über kalten Marmorboden gehen, die Wände waren weiß und hell erleuchtet, ich hielt mich am Geländer fest und sprang die Stufen hinunter. »Guten Abend, Frau Beck«, rief ich und hielt ihr schon den Kuchen entgegen, den Oma mir für sie mitgegeben hatte.

Sie sah mich erstaunt an. »So spät?« In ihrem Blick mischte sich Unverständnis mit einem gewissen Misstrauen. Ich ging hinter ihr den Flur entlang, auf ihrem Rock legten sich Blümchen in Falten, im Wohnzimmer lief der Fernseher. »Na, setz dich mal«, brachte sie heiser hervor und wies auf einen Stuhl am Esstisch.

»Magst du ihn?« fragte sie und deutete auf das Foto an der Wand, das Foto des strengen Mannes mit spitzem Bart, der so unbarmherzig dreinblickte. Ich erschrak. Es war das erste

Mal, dass sie über das Bild sprach. Ich schüttelte den Kopf und senkte den Blick. Für einen Moment tanzte der Teppich vor meinen Augen. Als ich wieder aufsah, war Frau Beck schon aus dem Zimmer. Ich lief ihr in die Küche hinterdrein, umklammerte schluchzend ihre Beine und hätte mich vergraben wollen, in meinem Rücken spürte ich den Blick des Fremden, sein kühles Lächeln steigerte sich zu einem spitzen Lachen, das mir in den Ohren dröhnte. Wie schämte ich mich jener Tränen, die unkontrollierbar über mein Gesicht liefen! Frau Beck brachte mich nach oben.
Am nächsten Tag ging ich mit Mama zum Auto. Oma stand am Rand der Straße und winkte uns so lange hinterher, wie wir uns überhaupt sehen konnten. Selbst Frau Beck hatte das Haus verlassen und stand in Pantoffeln neben der ›Frau Doktor‹.
Ich selbst habe Frau Beck nie wieder gesehen. Wie ich später erfahren habe, starb sie wenige Tage nach meiner Abreise.

Ich fahre fort und packe in meinen Koffer ein Buch, einen Spielzeugaffen, ein Schreibheft, eine Pistole u n d –.

Ich kehrte im Sommer zu Oma zurück. Das Hochhaus war um einige Zentimeter in den Boden gesunken, bei meiner Ankunft ging eine Gruppe von Männern um das Haus, zwei von ihnen trugen dunkle Anzüge und Krawatten, die übrigen steckten in blauen Arbeitskitteln und hielten Messgeräte in Händen. Mama, die sehr niedergeschlagen an diesem Tag war, führte mich an der Hand. Sie sprach einen der Arbeiter an und erkundigte sich, ob etwas vorgefallen sei. – »Der Boden ist nachgiebig«, sagte der Mann. – »Kein Grund zur Sorge«, fiel ihm ein anderer ins Wort. »Reine Routinemessungen, nichts weiter.«
Oma empfing uns freudestrahlend, sie umarmte Mama und

hüpfte vor uns, so weit ihr Leiden ein Hüpfen überhaupt zuließ, über den Teppich.

Später saß sie erschöpft am Esstisch, Tee dampfte, sie hatte Kekse gebacken, die von einer Schüssel in kürzer werdenden Abständen die Reise in meinen Mund antraten. – »Iss nicht soviel davon«, flüsterte Mama mir zu, »du verdirbst dir noch den Magen.«

Vielleicht erzählte ich Oma von der Schule, die ich seit wenigen Wochen besuchte, ich kann mich nicht daran erinnern. Jetzt war Ferienzeit, Mama sprach sehr ernst von ihrem Beruf, ich hörte aber schon gar nicht mehr zu. Auf dem Fernseher stand ein Strauß Feldblumen, durch die gläserne Balkontür konnte ich orangerot gestrichene Reihenhäuser sehen und in einiger Entfernung dahinter die Maisfelder. Die Sonne schien prächtig, der Himmel war ganz blau. – »Hast du schon nach Post geschaut?« fragte ich Oma. Sie überlegte kurz, dann lächelte sie mir zu: »Geh schon. Du weißt ja, wo der Schlüssel hängt. Sei aber nicht zu spät wieder da, hörst du? Mama fährt heut Abend …«

Ich klingelte bei Familie Santori im Erdgeschoss. Wie verschieden die Gerüche innerhalb dieses einen Wohnhauskomplexes waren! Die Wohnung lag diesseits des Treppenhauses, auf derselben Seite wie die Wohnung meiner Oma, und doch war der Grundschnitt der Zimmer ganz anders als der mir vertraute. Mutter Santori war eine magere Frau, deren Unterleib in einer ewig schmutzigen Schürze steckte, ihr Haar war schwarz, schimmerte an einigen Stellen aber hellgrau. Sie war hässlich. Nicht, dass ihr Gesicht mit offenkundigen Fehlern behaftet gewesen wäre, aber sie sah einem selten in die Augen, sprach mit durchdringender Stimme und war stets mürrisch. Heute öffnete sie die Wohnungstür und sagte nur: »Bisschen früh, findest du nicht, Andi? Wir sind noch beim Essen.«

Ich ging dann hinaus in den Garten. Die Gartenanlagen waren für die Augen des Kindes riesig. Sie führten ein kleines Stück an den Apfelplantagen entlang, dann unten an Omas Balkon vorbei, um sich schließlich in Richtung Straße hin zu einer Art viereckigem Platz auszuweiten. Dieser Platz wurde zu den orangeroten Reihenhäusern hin von Zaun und Hecke, an zwei anderen Seiten aber von einer schweren Steinmauer eingefasst, die genauso hoch war wie ich selbst. Unter dem Rasen befand sich die Garage des Hochhauses. Zog man sich an der der Straße zugewandten Seite der Grünfläche an der Mauer hoch, konnte man die Autos sehen, die hinunterfuhren. Größere Jungs, unter ihnen auch der Sohn von Wagners, waren sogar einmal auf die Mauer hinaufgestiegen. Joachim Wagner war ein paar Schritt mit weit ausgestreckten Armen geradeaus gegangen, hatte sich von den Umstehenden bewundern lassen, hatte dann sogar – Gipfel der Kühnheit – zur Garagenzufahrt hinab gespuckt und war schließlich, bleich, aber lachend, auf den Rasen zurückgesprungen.

Jetzt war der Garten ganz leer. In den Apfelbäumen der Plantage drüben sangen Vögel, sonst war es still, still und warm, mitunter fuhr ein Auto die Straße hinab. Ich ging an der Mauer entlang und fuhr mit der Hand über den Stein, dann schlenderte ich zu Omas Balkon hinüber und sah hinauf. Blumentöpfe waren zu sehen, eine rote Markise hob und senkte sich im Wind. Endlich schlenderte ich auf die Apfelplantage zu und versuchte durch Hecke und Zaun hindurch zu erkennen, ob die Äpfel schon reif waren. Im Sandkasten fand ich eine halb verfallene Burg, begutachtete sie fachmännisch und fragte mich, wer sie gemacht hatte. Ob Fremde im Hochhaus eingezogen waren? Ich sah durch das Fenster zu Familie Santori hinein, konnte aber im Halbdunkel niemanden erkennen. Trotzdem winkte ich. Ich wollte gerade um das Haus herum

zur Eingangstür zurückkehren, da sah ich einen Mann unten um die Ecke biegen. An dieser Seite des Hauses führte nur ein schmaler Plattenweg durch niedriges Gebüsch hindurch, der Mann kam mir entgegen. Ich hatte ihn noch nie gesehen. Er ging mit gesenktem Kopf, war nachlässig gekleidet und schleppte zwei Plastiktüten mit sich. Als wir nur noch wenige Schritte voneinander entfernt waren, blieb ich stehen. Er beachtete mich nicht und schlurfte unverdrossen weiter. Statt nur einfach auszuweichen, sprang ich zur Seite und versank mit beiden Beinen bis zu den Knien im Gebüsch. Der Mann ging an mir vorbei, ohne sich auch nur nach mir umzusehen. Obwohl er jünger war als Mama, erinnerte er mich an ihren älteren Bruder, meinen Onkel, den ich sehr liebte. Onkel Gregor trug schmutzige Pullover, war, wie er selbst sagte, ›Jongleur‹ und der einzige Mann, mit dem ich jemals gespielt habe. Er war früher bei einem Wanderzirkus aufgetreten. Ich bewunderte ihn grenzenlos, wollte ihn auch für mich ein wenig einnehmen und wich nicht von seiner Seite, wenn er, selten genug, einmal zu Besuch kam. Mama und er verstanden sich nicht so gut, Mama traute ihm allen erdenklichen Unsinn zu und berichtete schnippisch, dass er in Sommernächten nackt im Park zu schlafen pflege.
Ich stand unschlüssig im Gebüsch. Solange ich mich nicht rühre, bin ich unsichtbar, so lautete die Regel. Der Mann stellte seine Tüten auf den Boden, betrachtete eine Weile die Überreste der Sandburg und ging dann auf die Schaukel zu, die in der Nähe des Sandkastens von einem hohen Holzgerüst herabhing. Er hockte krummrückig auf dem Sitzbrett, das Gesicht mir zugewandt. Da ich mich nicht rührte, konnte er mich gar nicht sehen. Die Schaukel stand im Schatten eines Kastanienbaums. Wer war dieser Mann? Woher kam er? Allmählich begann er mit den Beinen zu wippen, die Finger hak-

ten sich in der grobgliedrigen Eisenkette fest, leicht schwang der Körper hin und her. Ich stand still, nur der Brustkorb bewegte sich leise und unsichtbar auf und ab. Der Mann blickte zu Boden und dann in den Himmel, zu Boden und dann in den Himmel, der Oberkörper beugte sich nach vorn und immer wieder bis fast in die Waagrechte nach hinten, sein dunkles langes Haar begann zu fliegen. Ich schaukle auch oft. Einmal hat Mama mich angeschubst, da bin ich so hoch hinauf geflogen, dass sie Angst um mich bekam. Der Himmel neigt sich zu einem herab, beugt sich einem entgegen, Luft streicht kühl über die Haut, es ist ein bisschen wie Schwimmen, dachte ich. Der Fremde schnellte aus dem Schatten ins Licht, Füße voran, immer vom Schatten ins Licht, um dann freilich mit stets noch größerem Schwung zurück gezerrt zu werden. Weit hinten nahm er mit den Beinen neuen Anlauf, erlöst und schwerelos flog er der Sonne entgegen. Neben der Schaukel stand eine Bank, dort sitzt Oma manchmal und liest oder sie unterhält sich mit Frau Wagner. Manchmal schaut sie einfach nur umher, und dann schläft sie für gewöhnlich ein. Der Mann johlte vor Vergnügen, weit auf stieg der Schall, oder er wurde von der Hauswand zurückgeworfen. Dann begann er sogar, was sehr wagemutig aussah, mit einer Hand zu winken. Wen meinte er denn? Ich sah mich um, weit und breit kein Mensch zu sehen, jetzt war ich aber schon auf ihn hereingefallen, hatte mich bewegt, ich spürte förmlich, wie alle Tarnung von mir abfiel. Ein Fenster weit oben öffnete sich und ein dicker Mann beugte sich hinaus: Herr Zirnsack. »Was ist denn da unten los?« rief er ärgerlich. Sein dicker Bauch quoll über das Fensterbrett ins Freie. »Es ist Mittagsstunde! Schluss mit dem Krach!«
Der Mann auf der Schaukel rief laut »Juhu!« und winkte nun dem dicken schwitzenden Zirnsack zu, der freilich für

solcherlei Gruß wenig übrig hatte und statt eines »Juchhe!« oder wenigstens »Guten Tag« nur wütend mit der Faust drohte. »Mittagsstunde!« polterte er noch einmal, wischte sich die klebrigen Haare aus der Stirn und warf drohende Blicke. Ich sprang auf den Weg zurück. Ob der Fremde mich inzwischen bemerkt hatte? Ich stellte mir einen Menschen vor, der abwechselnd seine Mitmenschen sieht und dann wieder nicht: Auf dem Marktplatz zum Beispiel ist er erst ganz allein, ganz plötzlich aber steht er inmitten der Menschenmenge und erschrickt über deren Lärm. Dann schließt er schnell die Augen, und wenn er sie wieder öffnet, gibt es außer ihm niemanden mehr. Niemanden. Er ist völlig allein. Ich nannte den Fremden einen Zauberer, wusste aber nicht recht, ob dieser Art Zauberei so rundheraus zu trauen war. Sein »Juhu« lag in der Luft, jetzt öffnete sich ein zweites Fenster und unter dem dicken Zirnsack erschien eine Frau, die ich nicht kannte, und sah neugierig hinaus. Sie sagte nichts, und als Herr Zirnsack, aus guter Gewohnheit, wie es schien, noch einmal sein »Mittagsstunde, Mittagsstunde!« hinabpolterte, wandte sie den Kopf und lächelte ihm nach oben hin zu. – »Unmöglicher Kerl!« grummelte Zirnsack, die Frau begann zu lachen, was ihn freilich in seiner Wut nur noch erbitterte und anfeuerte. Der Zauberer schaukelte in schon abenteuerlicher Höhe, gewiss würde das ganze Holzgestell mit ihm in den Himmel schweben, während das Haus und alle Menschen unter ihm unbeachtet im Boden versinken würden. Da wurde ich wütend. Ich schüttelte energisch den Kopf und ging, mit den Fußsohlen bei jedem Schritt auf den Boden stampfend, auf die Schaukel zu. Die Haare des Mannes schwebten wie ein Schweif hinter ihm drein, und auch ich spürte, neben ihm angekommen, den Luftzug auf meinem Gesicht. Ich klammerte mich am Holzpfeiler fest und schon gings hinauf, der Boden fiel unter uns in die Tiefe, wir

wurden emporgerissen, der Himmel war weit und offen, ich kann fliegen!, kann fliegen!, immer höher hinauf, der Zauberer lachte schallend und winkte mir zu.
Wenig später stand Herr Zirnsack im Hof. Wir landeten im Schatten eines Kastanienbaums. Herr Zirnsack schüttelte die Fäuste und drohte dem Fremden mit der Polizei. Mama erschien auf unserem Balkon und sah ratlos aus. Oma streckte den Kopf durch die Balkontür. Mama schwieg. – »Lass sie doch verschwinden«, flüsterte ich dem Fremden zu. – Herr Zirnsack, fett, mit schweißglänzender, puterroter Stirn, packte mich an der Schulter. Die Blicke einer angewachsenen Zuschauerschar hielten ihn zurück. Zornig fragte er mich: »Kennst du den etwa, Andi?« – Ich griff nach dem Arm des Fremden und flüsterte noch einmal: »Lass sie doch verschwinden ...« – Der Fremde strich mir mit der Hand über den Kopf.
Er ging zu seinen Plastiktüten hinüber und wuchtete sie vom Boden hoch. »Als ich so alt war wie du, hab ich auch hier im Haus gewohnt«, sagte er zu mir. »Die Schaukel stand damals schon.« Zum Abschied zwinkerte er mir zu. Ich sah ihm nach, wie er auf dem Weg zwischen den Büschen zurückging. Als er um die Ecke bog, hatte er uns sicher schon vergessen. Dann war er verschwunden, vielleicht auch waren w i r verschwunden, wer konnte das wissen? Ich ging ins Haus und die Treppen hinauf.
Als Oma mich fragte, ob Post gekommen sei, schüttelte ich den Kopf.

Ein junger Arzt vom Krankenhaus hat angerufen, Dr. Kaufmann. Er hat mich gefragt, wie es mir gehe. Ich weiß nicht, ob solche Telefonate üblich sind, ich glaube es nicht. Er hat wohl noch keine Routine im Umgang mit Angehörigen, er wirkte gerührt. Leonora kannte er nicht einmal, sie kam ja nicht

mehr zu Bewußtsein. Er sagte, er könne meinen Blick nicht vergessen und unser Gespräch an diesem Morgen.
Es war in einem der Gänge, Linoleumboden schimmerte unter unseren Füßen und reflektierte das Licht der Neonröhren. Ich hatte seit Tagen kaum geschlafen und war wie betrunken in einem Körper, der noch immer atmete, sich noch immer bewegte und sich krümmte, wenn ich zu weinen begann. Warum?
Ich war dankbar, dass er mich anrief. Das habe ich ihm auch gesagt. Er ist wahrscheinlich neu im Krankenhaus und ich fürchtete, er würde seinen Mut bereuen. Also habe ich ihm von der Wohnung erzählt, in der wir gelebt haben und davon, dass ich vom Fenster aus den Marktplatz sehen kann. Am Ende unseres Gesprächs sagte er: »Verreisen Sie doch. Sie sollten sich jetzt nicht in Ihrem Zimmer vergraben.«

Es regnet. Wasser läuft in gewundenen Bahnen die Scheibe hinunter. Oma sitzt nebenan in ihrem Sessel und hustet. Ich male mit bloßem Finger an der Innenseite des Fensters die Linien des Regens nach; graue Welt. Es ist ein bisschen wie im Zug, bloß dass die Landschaft im Moment natürlich nicht an mir vorüber fährt. Aber sie verändert sich. Ich schließe ein Auge und presse das andere – so weit es eben geht – gegen die Scheibe. Ich spüre das Glas kalt an meiner Stirn, Wasser fließt durch mein Gesichtsfeld, so dass drüben der Baum zu tanzen beginnt: Sein Stamm rückt zur Seite, er zieht den Bauch ein, dann, vom Kopf her, schüttelt er sich schon wieder in seine Ausgangslage zurück. Ich möchte auf dem Kopf stehen, so dass das Wasser von unten her auf mich zu fließt. Das Fenster ist selbst ein großes Auge, durch das ich die Welt anblicke und sie mich. Ob auch in mir ein Baum schwankt? Ich schüttle den Kopf, kann das Rauschen der Blätter in mir aber nicht wahrnehmen. I c h bin die Welt, denke ich übermütig.

Antonio kommt zu Besuch, wir errichten aus kleinen Bausteinen eine Burg. Toni ist unvorsichtig: Schon liegt die Burg in Trümmern. Er will sie wieder aufbauen. – »Lass!« rufe ich unnötig laut. »Das ist eine Ruine!« – »Eine was?« – »Eine Ruine«, sage ich und erzähle von dem Buch mit den vielen Bildern, das mir Oma gezeigt hat, und davon, dass auf einem der Bilder eine Ruine zu sehen ist. – »Wirklich?« fragt er ungläubig. Stolz nicke ich mit dem Kopf.
Wir stürmen ins Wohnzimmer. Oma schreckt von ihrem Sessel hoch. »Nanu?« fragt sie müde, schon aber haben wir beide sie erreicht, Toni umklammert die Armlehne, während ich an Omas Bein rüttle. – »Frau Paulhofer!« ruft er, »Oma, Oma!« rufe ich. Kurzzeitig steht sie halb, dann fällt sie wieder in den Sessel zurück. Ihre Lippen werden dünn vor Schmerz. »Ach die alten Knochen«, murmelt sie verärgert, schlägt sich dann auf den Schenkel und wird schon von ihrem eigenen Lachen mitgerissen. Auch wir beiden Kinder lachen.
»Das Buch«, rufe ich, »das Buch mit der Ruine drin ...« – Oma überlegt einen Moment. Mit schmerzverzerrtem Gesicht steht sie vom Sessel auf und greift nach ihrem Stock. Wir Jungen treten etwas zurück und gehen in gebührendem Abstand hinter ihr her. Es geht nicht sehr schnell, obwohl wir doch nur vom Sessel zum Schrank gehen.
Dann zieht sie das Buch hervor und setzt sich an den Tisch, der an der Tür steht. »Worum gehts denn nun eigentlich?« »Andi hat von einem Riehne gesprochen oder so ähnlich«, sagt Toni. »Is doch Quatsch, oder?« – »Ru-i-ne!« korrigiere ich, »Ru-i-ne, Toni, Ruine ...« – Toni sieht meine Oma in einer Mischung aus Hilflosigkeit und Verärgerung an. – »Ruine?« murmelt sie in offenkundiger Verunsicherung. »Ruine, hm? Na mal sehen.« Und sie schlägt das Buch auf.
Ich sitze allein am Fenster. Ruine, denke ich. Hinter mir auf

dem Fußboden die Überreste der Burg, die wir gebaut haben. Ich stelle mir vor, die orangeroten Reihenhäuser würden zusammenstürzen, nicht plötzlich und mit Getöse, sondern wie im Traum. Ich blicke mich im Zimmer um und sehe lauter Dinge, deren Namen mir bekannt sind. Außerdem kenne ich die Bezeichnung ›Ruine‹.
Als Oma ins Zimmer kommt, frage ich sie, ob es eigentlich für alle Dinge Namen gibt. Sie überlegt eine Weile und sagt dann: »Für die meisten Dinge. Für alles, was man anfassen kann.«
Später kommt Toni zurück. Wir haben genug von unserer Ruine und beschließen, etwas Neues aufzubauen. Eine Burg? Ich schüttle den Kopf. »Eine Kuko«, sage ich. Das klingt gut und ist wirklich etwas ganz Neues. Wenn wir neue Namen erfinden, gibt es neue Dinge, denke ich. Es regnet und von draußen schaut der Riese zu uns herein.
»Kuko«, murmelt Toni und sieht mich mißtrauisch an. Er fragt aber nicht weiter nach.

Ich verlasse schon kaum mehr das Bett. Ich liege da und starre an die Decke, nur wenn der Hunger übermächtig wird, schleppe ich mich in die Küche. Ich schreibe; Leonora wollte alles über mich wissen. »Erzähl doch«, sagte sie oft. Sie konnte nie genug erfahren. Oft zuckte ich nur mit den Schultern. Wir haben viel miteinander gelacht. Dann denke ich darüber nach, was ich brauche für meine Reise. Auf langen Autofahrten spielten wir manchmal miteinander: »Ich fahre fort und packe in meinen Koffer ein Buch, eine Zahnbürste, ein Radio, eine Landkarte u n d – .« Irgendwann rief sie immer: »Ein Tagebuch.«

Oft spielten wir auch im Garten. Gras unter den blanken Fußsohlen, rannten wir einander hinterdrein. Es war schön

im Sommer. Hatte ich Toni aus dem Lauf heraus zu fassen gekriegt, so riss ich ihn zu Boden, wir wälzten uns johlend und schreiend auf dem Rasen. – »Passt aber auf, dass ihr in der Mittagsstunde nicht zu laut seid«, sagte Oma manchmal, »ihr wisst ja, dass manche Leute schlafen wollen ...«
Einmal brachte Toni Skier mit in den Garten, die sein Vater für den Winter gekauft hatte. Er stellte sich auf die langen Bretter, ich sollte ihn ziehen. – »Schneller«, rief er, »schneller!« – Zwei Spaziergänger blieben jenseits des Gartenzauns stehen und riefen uns durch die Hecke hindurch zu: »Zum Skifahren braucht man Schnee, wisst ihr das denn nicht?« Dann lachten sie und gingen weiter.
»Schnee«, murmelte Toni. – Ich stampfte mit dem Fuß auf. »Hab ich doch gleich gesagt!« – »Hast du nicht!« rief Toni wütend. – »Hab ich wohl!« Ich schlug Toni auf die Schulter. Er packte mich am Arm, im nächsten Moment schon wühlten wir uns förmlich ins Grün des Bodens.
Wir blickten zum Himmel, es war aber weit und breit keine Wolke zu sehen, die auf bevorstehenden Schneefall hingedeutet hätte. – »Es ist doch auch Sommer«, maulte Toni. – »Na und?« gab ich wütend zurück. »Was heißt das schon?«
Toni ging wieder ins Haus. – »Blödmann«, rief ich hinter ihm her. »Natürlich kann es auch im Sommer schneien!« Und leiser fügte ich nach einer Weile noch hinzu: »Auch wenns im Winter häufiger schneit ...«
Toni kam mit einer kleinen Schale zurück in den Garten. – »Hier, schau mal«, sagte er. Ein weißer, süßlich riechender Schaum lag in dem Gefäß. – »Das ist doch kein Schnee«, sagte ich abfällig. Trotzdem half ich Toni natürlich dabei, den Rasierschaum auf dem Rasen zu verteilen.
Ballspiele mochte ich nicht so gern, weil ich ungeschickter war als die Santori-Brüder. Mit Onkel Gregor, dem Jongleur, hat-

te ich einmal Fußball gespielt, das hatte Spaß gemacht. Jetzt aber war er weg und ich wusste nicht einmal, wo er wohnte. Manchmal sah mir Oma dabei zu, wie ich wippte, dann wollte ich sie beeindrucken und schaukelte so hoch, dass sie mich schließlich zu sich rief. – »Schau mal«, sagte sie dann, »ich hab was gefunden …«

Die Frage, wie es mir geht, ertrage ich nicht mehr. Seit Jahren kaufen wir unsere Brötchen nebenan, jeden Morgen. Ich lächelte der Bäckerin zu und kaufte drei Brötchen. Es ist Frühjahr. Leonora wollte immer ans Meer fahren.

II

Ich bin sogar mal auf dem Dach des Hochhauses gestanden.
Wie es dazu kam?
Es war ein diesig warmer Tag. Ich saß draußen vor der Haustür. Ich war mit den Santori-Brüdern verabredet, doch die kamen und kamen nicht. Wenn Frau Santori etwas nicht passte, schloss sie Toni und Lorenzo einfach in der Wohnung ein, da war nichts zu machen. – »Kannst mir mal die Tür aufhalten?« brummte ein großer bärtiger Mann im blauen Kittel. Ich stand auf, griff nach der Klinke. – »Und der Fahrstuhl?« brummte der Mann. – Ich sprang vor ihm die Treppe hinauf und drückte auf den Knopf.
Der Mann stampfte die Stufen hoch. Neben mir angekommen, ließ er die Kiste auf den Fahrstuhlboden fallen, dass es nur so dröhnte. Die Kabine war ziemlich klein. Er beugte sich über die Kiste ins Fahrstuhlinnere und las stockend: »Maximale Tragfähigkeit: Dreihundert Kilogramm.« Seine Arme sahen aus wie Baumstämme. »Du hast doch einen Moment Zeit, oder?« fragte er. Er zeigte mir, wo ich den Fuß in die Tür stellen sollte. »Aber lass sie nicht zufallen, hörst du? Bin gleich wieder da.«
Noch einmal öffnete sich unten die Haustür und zwei Menschen kamen auf uns zu: Ein Mädchen, etwa in meinem Alter, und eine Frau; sie gingen Hand in Hand. Der Bärtige murmelte im Vorbeigehen einen Gruß und nickte mit dem Kopf.
Das Mädchen sah sehr schön aus mit ihrem pechschwarzen Haar und dem fein geschwungenen roten Mund. Ihre Augen

funkelten. Die Frau deutete mit dem Finger auf den geöffneten Fahrstuhl. Auch ich beugte mich vor und sah hinein. Dann waren sie aber schon an mir vorüber und gingen auf den nächsten Treppenabsatz zu. Am liebsten hätte ich den Fuß aus der Tür gezogen und wäre hinter ihnen hergeschlichen.
Endlich wurde unten die Haustür wieder aufgestoßen. Der Riese hatte noch Verstärkung bekommen, die beiden Männer stöhnten und ächzten unter der Last einer schweren sperrigen Kiste. Ich verkroch mich hinter der geöffneten Fahrstuhltür. Donnerschlag hallte durchs Treppenhaus, als die beiden Männer die zweite Kiste auf die erste fallen ließen. »Gut«, sagte einer der beiden Kerle. »Jetzt ganz nach oben damit.« Er neigte den Oberkörper in den Fahrstuhl und drückte einen Knopf. – Auch ich drücke diese Knöpfe manchmal, dachte ich selbstzufrieden und tat einen Schritt aus meinem Versteck hervor. Der dicke Mann beugte sich über mich. »Gut gemacht, Kleiner.«
Dann ließen die beiden mich stehen. Polternd setzte sich der Fahrstuhl in Bewegung.
Ich war auf einmal sehr aufgeregt. Es ist, wie wenn Onkel Gregor zu Besuch kommen soll, fiel mir ein, oder Mama, und wenn ich dann mit Oma in der Küche stehe und koche …
Ich stieß mich von der Wand ab und stürmte die Stufen hinauf. »Auf einem hohen Berg oben ist die Luft ganz dünn«, hatte mir Oma letztens einmal erklärt, »da kann man kaum atmen, verstehst du, Andi?« Ich hatte mir das nicht recht vorstellen können.
Ich flog die Treppe hinauf. Wenn Oma unten in den Lift stieg, ich aber rannte, kamen wir manchmal genau gleichzeitig vor unserer Wohnungstür an. Nun freilich war der Vorsprung des Lifts schon uneinholbar, er würde sich sogar noch vergrößern, bis ganz nach oben hin war eine ungeheuer weite Strecke.

Nach zwei Treppenabsätzen stieß ich mit dem Riesen zusammen, ich hatte ihn gar nicht bemerkt. Von seinem dicken Hinterteil prallte ich förmlich ab, es fehlte nicht viel, und ich wäre die Stufen hinuntergestürzt. – »Nanu«, brummte der Mann, der vor lauter Körpergewicht viel zu müde war, sich zu erschrecken. »Nanu?« brummte er noch einmal, stieg aber auch weiterhin ganz ungerührt die Stufen empor. »Wohin willst du denn so eilig? Willst du mir beim Ausladen helfen?« Bauchig-bassig lachte er und gab mir den Weg frei. Ich jagte die Treppen hinauf. Das Knacken aus dem Schacht war schon ganz leise geworden. – »Ganz nach oben«, lachte der Riese unter mir, »ganz nach oben, junger Mann!«
Als ich ankam, drehte sich schon alles um mich. Ich kannte niemanden in diesen Höhen. Frau Beck hatte im vierten Stock gewohnt, wir selbst wohnten im fünften, Frau Wagner, mit der Oma manchmal im Treppenhaus redete, wohnte immerhin im sechsten Stock. Aber über ihr? Ich hielt mich an der Wand fest. Als ich die Augen öffnete, sah ich das schwarzhaarige Mädchen vor mir stehen. Ihre Augen glänzten wie schwarze Spiegel. Sie lächelte mich an. »Du bist wohl zu schnell gerannt, was?« Gewaltsam verlangsamte ich die Atmung. Wie einen stetig wiederkehrenden Schmerz spürte ich den Herzschlag in meinem Hals. Als sie sich von mir abwandte, holte ich so gierig Luft, dass ich mich daran verschluckte: Ich musste husten. Das Mädchen lachte. »Ist ja doch ziemlich hoch hier«, sagte sie schnippisch. Obwohl ich es versuchte, konnte ich meinen Husten nicht unterdrücken.
»Na, zu schnell gerannt, Kleiner?« Der Riese stand neben mir. Weil ich ihn nicht hatte kommen sehen, verschlug es mir vor Verwunderung den Atem. Mein Husten verstummte. – »So, denn mal los«, knurrte er.
Er wuchtete eine Kiste aus dem Fahrstuhl.

»Wie heißt du denn?« erkundigte sich das Mädchen. – »Andi«, sagte ich. »Und du?« Das Mädchen hieß Sabrina. Sabrina, dachte ich. Klingt eigentlich ganz hübsch. Und ich beschloss, mir den Namen zu merken.

»Andi? Bist du da irgendwo?« Das waren Lorenzo und Toni. Sie waren ihrer Mutter entkommen, ihre Stimmen gellten durchs Treppenhaus. »Andi! Aaandi!« – Musste ich ihnen antworten? Der Riese polterte an mir vorbei und wuchtete die noch verbliebene Kiste aus dem Lift. »Na komm schon«, flüsterte er mir zu. Ich folgte ihm.

Die Wohnung war ganz weiß, kahl, völlig leer. Ich stand neben dem Riesen, der mit der Frau auf etwas unbeholfene Weise eine Unterhaltung anfing. Sabrina stand abseits, manchmal lugte ich zu ihr hinüber. Ich wollte das gar nicht, es geschah; immerhin achtete ich darauf, dass mein Blick immer nur kurz auf ihr Gesicht geheftet blieb. Auch die Santori-Brüder haben schließlich schwarze Augen, sagte ich mir. Was ist schon dabei. Die Nase des Mädchens war leicht geschwungen, die Haut fast weiß, das Haar fiel in Wellen die Schläfen hinab und über die Schultern bis auf den Rücken. Jetzt hüpfte sie zu mir herüber. »Ist es nicht schön hier, Andi?« gluckste sie. Verlegen nickte ich mit dem Kopf. »Sehr schön«, stammelte ich. »Sehr schön …«

»Soll ich dir mein Zimmer zeigen?« Sie ging schon voraus in einen angrenzenden und ebenso kahlen weißen Raum. Ich trat ans Fenster und sah hinab. Die Apfelplantagen lagen so weit unter uns, dass mir schwindlig davon wurde. »Da unten spiel ich manchmal«, sagte ich und wies auf die Schaukel. Gleich darauf freilich schienen mir meine Worte dumm. Ich senkte den Kopf.

»Hier steht das Bett«, rief Sabrina und wies mit der Hand auf eine leere Ecke des Raumes. »Und hier – die Kommode: Da leg ich meine Kleider und Spielsachen rein.« – »Sehr schön,

wirklich sehr schön«, murmelte ich und strich in meiner Verwirrung mit der Hand über die weiße Wand. Sabrina fuhr fort, mir die Einrichtung ihres Zimmers zu zeigen. Sie wurde immer lebhafter, deutete bald hier-, bald dorthin, bis das Zimmer restlos vollgepackt war. Ich argwöhnte sogar, dass im Winkel neben der Tür nicht allein der Kleiderschrank, sondern auch eine Truhe, der Schreibtisch und ein Leuchter standen ... Sabrina freilich waren derlei Bedenken fremd. »Ist es nicht wunderschön?« tirilierte sie. Ich nickte nur noch mit dem Kopf.
Als ich später allein im Lift stand, malte ich mit dem Finger den Namen ›Sabrina‹ an die Wand. Da meine Hände von ihrem untapezierten Zimmer noch immer weiß waren, blieb ein Schimmer zurück. Ich konnte es nicht über mich bringen, die Buchstaben auszuwischen.
Ich fand die Santori-Brüder im Garten. Toni saß auf der Wippe, sein Bruder schleuderte ihn mit zunehmender Wucht in die Höhe. – »Ho! Ho!« brüllte Lorenzo, während Toni auf seinem Weg in die Wolken in einer Art Höhenrausch nur noch johlte. Die beiden bemerkten mich nicht. Gab es nicht drinnen noch etwas zu schleppen für mich? Und die Fahrstuhltür –?
Ich wollte gerade kehrtmachen, als Lorenzo meinen Namen rief. – »Ich muss noch mal rein«, rief ich, »macht ohne mich weiter, ja?« In einem Fenster weit oben erkannte ich die Umrisse des griesgrämigen Herrn Zirnsack. Ich hörte noch die Worte »Was ist denn da unten los?« durch den Hof dröhnen, blieb jedoch nicht einmal mehr stehen.
Ich hastete zum Fahrstuhl – er ließ sich nicht öffnen. Sabrina, dachte ich unwillkürlich. Ein mulmiges Gefühl überkam mich. Wer immer den Lift benutzt hatte, der Schriftzug ›Sabrina‹ war jedenfalls nicht zu übersehen gewesen. Dann waren Schritte zu hören. Ich rannte in den Keller. Nicht einmal das Licht schaltete ich an. Der Lift wurde geöffnet, ein Mann stieg aus,

brummte ein Liedchen und ging zur Haustür hinaus. Kaum war es wieder still, huschte ich die Stufen hinauf. Vorsichtig zog ich an der Fahrstuhltür. Ich spähte durch den Spalt – der Fahrstuhl war leer. Ich öffnete die Tür. Von meiner Schrift war nichts mehr zu sehen. Nichts. Statt meiner Buchstaben sah ich nur wieder das bloße Kabineninnere.

Wie ich auf das Dach des Hauses kam?

Ich hielt dem Riesen die Lifttür auf, er packte Kisten hinein, gemeinsam trotteten wir die Treppen hinauf. Er war vergnügt, er sang ein Lied und schnalzte bei jedem Treppenabsatz mit der Zunge. »Na, tun dir die Beine noch weh?« fragte er. – »Aber mir haben die Beine ja gar nicht wehgetan«, protestierte ich halblaut. Der Mann lachte, ich war ihm aber gar nicht bös; ich fragte ihn, ob er Kinder hätte. Er lachte noch lauter. Er gab mir seine Hand. Endlich sagte er: »Mein Junge ist fort.« Seine Hand war rauh und fleischig wie die eines jeden Riesen. Eine unbestimmte Scheu bezwang meine Neugierde: Ich fragte nicht weiter nach. Schweigend stapften wir nebeneinander her.

Oben trug der Mann Kisten, Sabrina und ich sahen ihm dabei zu. Mit einem solchen Kerl befreundet zu sein!, dachte ich. »Ich bin noch nie in einer so hohen Wohnung gewesen«, flüsterte ich dem Möbelpacker zu. – »Das ist die höchste Stelle in der ganzen Stadt!« jubelte Sabrina. Sie hüpfte in die Luft vor Freude. – »Ist es nicht«, behauptete ich trotzig. – »Ist es doch«, beharrte sie. Sie quietschte vor Vergnügen. »Wir wohnen am allerhöchsten!« – Der Riese lächelte. – »Sabrina wird sich hier wohl fühlen«, sagte Sabrinas Mutter gerührt. »Wir werden sehr glücklich sein.«

Der Riese klopfte mir auf die Schulter. »Man kann immer noch höher hinaus, da hast du ganz recht, Kleiner ...« Ich fühlte meine Brust anschwellen. Erst als ich bemerkte, wie das

Lächeln aus Sabrinas Gesicht verschwand, wünschte ich, der Riese hätte geschwiegen. – »Es ist aber doch schon sehr hoch«, stammelte ich. – »Kommt mal mit«, sagte der Mann.
Wir gingen ins Treppenhaus. An einer Stelle war die Decke des Hauses durch eine Luke unterbrochen. Jetzt hielt der Möbelpacker eine Stange in der Hand, griff mit ihr wie mit einem Arm nach der Luke und zog sie nach unten: Wie durch ein Wunder schwebte eine Leiter durch die Luft und kam dicht vor unseren Füßen auf dem Boden auf. Durch ein quadratisches Loch im Mauerwerk waren graue Wolken zu sehen. Ein kühler Luftstrom drang herein. – »Es ist nur noch der Himmel über uns«, flüsterte Sabrina. »Das Haus ist so hoch wie die Wolken...« Diese letzten Worte waren nur noch ein Hauch. Ich war der einzige auf der ganzen Welt, der sie gehört hatte.
»Ich geh als erster«, brummte der Riese. Unter Knarren und Poltern stieg er vor uns in den Himmel auf.
Nun betrat ich selbst die erste Sprosse. Vielleicht hätte mich unter anderen Umständen meine Angst gelähmt; in dem Taumel aber, in dem ich mich befand, fühlte ich mich wie gezogen. Erst auf dem Hausdach kam ich wieder zu mir. Es war ein flaches weites Quadrat, mit Kieselsteinen über und über bedeckt. Schornsteine und Antennen standen herum: die Antennen schwankten im Wind, die Schornsteine rührten sich nicht. Wie ich durch die Luke zurück ins Haus blinzelte, wurde mir schwindlig. Ich hielt mir den Kopf und hockte mich auf die Kiesel. Der Riese stand fest wie ein Baum. »Wo bleiben die andern?« brummte er. Das Quadrat war fast so groß wie der Garten, in dem wir immer spielten. Das Dach aber war nach allen Seiten hin wie abgehackt. Da war nichts mehr, kein Abhang, keine Mauer, einfach gar nichts. Unter mir begann der Grund zu schwanken. Die Steine knirschten.
Sabrinas Kopf erschien in der Öffnung. Ihre Augen waren groß

und rund und schwarz wie Murmeln. Von weit unten, vom
Hof her, gellten die Rufe der Santori-Brüder zu uns herauf.
Ich stand auf und ging zum Riesen. Er gab mir seine Hand.
Ich klammerte mich so fest daran, wie ich nur konnte. Die
Stimme Herrn Zirnsacks war zu hören: »Hat man hier denn
niemals seine Ruhe?« Sabrina rührte sich nicht. Ihr Kopf überragte nur um Weniges die Kante der Luke.
Ich war bereit, mich jederzeit, bei der geringsten Erschütte-
rung, auf die Kiesel fallen zu lassen. – »Sollen wir hinabschau-
en?« fragte der Riese. Obwohl sich schon alles um mich drehte,
nickte ich nur. – »Halten Sie um Gottes Willen das Kind fest!«
rief Sabrinas Mutter, deren Gesicht jetzt ebenfalls in der Luke
erschien.
Wir gingen auf den Abgrund zu. Schon spürte ich, wie die
Fläche unter uns sich neigte, zu kippen begann; langsam würden wir hinabgleiten. Schreie der Santori-Brüder drangen nur
noch gedämpft zu mir herauf, als kämen sie aus einer anderen
Welt. Die Hand des Möbelpackers war mein einziger Halt, sie
war groß und stark. Dann standen wir am Rand des Daches.
Ich kämpfte um Luft, zitterte am ganzen Körper. Halb fiel ich
schon. Alles um mich her wie hinter einem Schleier, unten im
Garten die Wippe, Toni schaukelt, sein Bruder Lorenzo stößt
ihn an, sogar den dicken Zirnsack sah ich, der sich etliche
Stockwerke unter uns aus dem Fenster beugte. Über uns die
Wolken, hinter uns Sabrina in ihrer Luke, leichter Wind strich
um unsere Körper. Der Riese hielt mich mit beiden Händen
fest, er stand sicher wie eine Mauer. »Hab keine Angst«, flüsterte er, »ich halt dich fest.« Da wurde die Freude in mir so
übermächtig, dass ich laut aufschrie. Das Jauchzen stieg in
meinem Körper auf, wurde weit in mir und weiter, erfasste
wie von selbst die Luft, in der ich stand und breitete sich über
den Dächern der Stadt aus. Weit unten gestikulierte Lorenzo,

ich erriet es eher als dass ich es noch sehen konnte. Ich winkte ihm zu. –

»Komm jetzt«, brummte der Riese nach einer Weile. Wie ein einziger Mensch gingen wir über die Kiesel zur Luke zurück. Als ich zu ihm aufblickte, sah ich, dass Tränen in seinen Augen standen.

Wir kletterten ins Treppenhaus zurück. Der Riese verschloss schweigend den Ausstieg. »Alles in Ordnung da oben«, konstatierte er. »Ich werd dem Hausmeister sagen, dass er das Schloss wieder an die Luke legen soll.« – Mit Sabrina und ihrer Mutter gingen wir wieder in die Wohnung zurück.

»Du hattest schon recht«, gab Sabrina zu, »mein Zimmer ist nicht die höchste Stelle.« – »Aber unser Haus ist das höchste von allen!« rief ich. »Und ihr wohnt ganz oben!« Wir tranken Tee, es gab nur eine Tasse, Sabrinas Mutter stellte sie auf eine Kiste. Ich war so berauscht, dass ich von dem Gespräch der andern kein Wort mehr verstand. Einmal kamen zwei Männer herein, die schleppten eine Kommode. – »Alles in den Flur«, sagte Sabrinas Mutter.

Als ich mit dem Möbelpacker später aus der Wohnung ging, fragte er: »Wollen wir den Fahrstuhl nehmen?« – Ich zuckte mit den Schultern. – »Du findest das Mädchen wohl sehr nett?« brummte der Riese. »Wie heißt sie noch gleich? Nein, sag es nicht. Hab ich den Namen nicht schon mal irgendwo gelesen? Sabrina?« Und er lächelte mir zu.

Möchte ich dem kleinen Jungen etwas sagen, wenn ich ihm begegne? Einmal schlendere ich noch durch den Garten, setze mich auf die Schaukel, suche bei der Eingangstür die Leiste mit den Klingelknöpfen. Ich sehe Namensschilder in einer Reihe; ›Paulhofer‹. – »Na Andi, schön gespielt heute?« – Er sieht mich halb misstrauisch, halb neugierig an. Er kratzt sich am Kopf.

Seine Haare sind rötlich und leicht wie Luft, ich erinnere mich daran. Dann versuche ich mir meine Jugendjahre vorzustellen, mein Erwachsensein, mein Leben: All das, was ihm bevorsteht. Kindheit? Es ist eine Zeit, die jetzt ihm gehört.
Ihm etwas sagen? Die Zeit drängt. Ich kann ihn nicht packen, ebensowenig wie er mich zu fassen bekäme. Mein Leben zerfällt vor meinen Augen. Dort das Gespenst des Kindes, drüben ein Jugendlicher, unter strahlend blauem Himmel ein Mann am Grab seiner Frau. Ich will ihnen etwas zurufen, suche das uns allen gemeinsame Wort, stattdessen nagele ich Erlebnisse auf festes Holz, als könne man die Zeit zum Kreis verbiegen: Ich schreibe. Eine Wiederkehr? Der Junge lacht mich an. Jetzt ist er schon ganz zutraulich geworden. Alles loslassen zu müssen!, denke ich. Alles, auch wenn wir uns noch so fest daran klammern! Auch mich selbst kann ich nicht halten. Stattdessen müsste ich mich schon jetzt so vollständig aufgeben, dass es nicht einmal dieses Wort mehr gäbe: ›Ich‹. Es wird ersetzt durch unzählige Worte, deren Form sich von Moment zu Moment ändert: eine Gemeinsamkeit? Vor dem Kind steigen mir Tränen in die Augen.
»Hast du gespielt?« frage ich ihn. Er hört mich aber schon gar nicht mehr. Niemals hat er mich gehört, nun öffnet er die Tür zum Treppenhaus. Fassungslos blicke ich ihm hinterdrein, ein schon verschwimmendes Bild.

Ein sonniger Mittag. Ich schlich in Socken aus der Wohnung. Ich fuhr mit dem Lift bis ganz nach oben. Vor der Tür zu Sabrinas Wohnung standen leere Kisten, ich packte eine von ihnen mit beiden Händen und stemmte sie unter Stöhnen in die Höhe, gerade so, wie es der Riese getan hatte. Die Wohnungstür war verschlossen. Ich legte ein Ohr an das Holz und lauschte – es war still hinter der Tür. Nichts rührte sich. Ich blickte hinauf: Die Luke war versperrt, ein Vorhängeschloss baumelte schwer von der Decke. So hatte es ausgesehen, bevor ich den Riesen getroffen hatte, genau so. Ein Schloss baumelt von der Decke, die Wohnungstür ist verschlossen. Ein süßlicher Geruch von Scheuermitteln liegt in der Luft. Sabrina ist auf dieselbe Art verschwunden wie die Schrift im Fahrstuhl, dachte ich. Ich ging einen Treppenabsatz hinunter und blickte aus dem Fenster. Von hier aus sah man nicht in den Garten oder auf die orangeroten Reihenhäuser, sondern in die entgegengesetzte Richtung: Ein zweites Hochhaus ragte in den Himmel. Unzählige Fenster waren in Reihen angeordnet, hinter manchen Scheiben erkannte man Blumentöpfe oder sogar Möbel. Warum Sabrina ausgerechnet in unser Haus einzieht? »Weil unser Haus ein Stückchen höher ist«, murmelte ich, indem ich mit dem Zeigefinger ihren Namen auf das Glas schrieb. »Deshalb natürlich.« Ich stellte mir vor, wie ich mit ihr durch Felder und Wiesen streifen würde. Ich kenne ja schon alles!, dachte ich.

Ich stützte die Ellbogen auf das Fensterbrett, im Haus war es ganz still, Mittagsruhe. Herr Zirnsack lag im Bett oder auf seinem Sofa, vielleicht lauerte er auch einfach nur am Fenster auf die ersten Geräusche aus dem Garten. Im Garten des Nachbarhauses rannten zwei Jungen über den Rasen, jetzt versteckten sie sich hinter einer Tanne. Wie Lorenzo und Toni, dachte ich. Ob drüben auch Kisten geschleppt werden, weil ein Mädchen zu schwach dafür ist?

Ein Mann legte die Hände als Trichter an den Mund und schien etwas zu rufen, ich konnte ihn aber gar nicht hören. Ich sah nur, wie die Jungen um die Tanne schlichen. Ich hob meine Hand und winkte. Niemand bemerkte mich.

Beim Mittagessen fragte ich Oma, warum wir im fünften Stock wohnten. Sie überlegte einen Moment und sagte dann:

»Du erinnerst dich an Frau Beck? Die wohnte im vierten Stock und war unsere Freundin. Wagners im sechsten Stock erledigen unsere Einkäufe, weil ich doch so schlecht gehen kann. Vom Balkon aus sieht man den Garten und kann den Kindern zuwinken, die drunten spielen. Das ist doch schön, oder?« Ich nickte. Ich fand es auch schön.

Etwas später klingelte es an der Tür. Lorenzo und Toni standen im Treppenhaus. Eigentlich war Mittagsstunde, aber sie gaben nicht viel darauf; ihre Mutter wusste bestimmt nicht, dass sie hier waren. Oma wollte die beiden in ein Gespräch verwickeln, sie gingen aber gar nicht darauf ein. Mich bestürmten sie mit ihren Fragen. »Wie bist du denn aufs Dach gekommen?« rief Lorenzo, sein Bruder fiel ihm ins Wort und rief sogar noch lauter: »Also ist es wahr, Andi? Bist du oben gewesen, ist das auch wirklich wahr?« Oma versuchte zu beschwichtigen, wurde aber sofort übertönt. Wie die Luft da oben sei, ob ich sie beide einmal mit hinauf nehmen könne. Oma schüttelte nur noch den Kopf. Natürlich hatte ich ihr von meinem Aufenthalt auf dem Dach erzählt, und natürlich war sie entsetzt gewesen. »Ja, die Aussicht ist ganz schön da oben«, sagte ich beiläufig und fühlte mich schon selbst wie ein Riese.

Später am Tag ging ich noch einmal rauf zu Sabrinas Wohnung. Im Haus war es ganz ruhig. Die Santori-Brüder waren schließlich doch von ihrem Vater gefunden worden – Papa Santori hatte bei uns geklingelt –, und auch in der Rasenanlage des benachbarten Hochhauses war kein Mensch mehr zu sehen. Es ist ganz still. Ich blicke aus dem Fenster. Das benachbarte Hochhaus ist etwas niedriger als unseres, ich kann sogar das flache kieselbedeckte Dach sehen. Ich fühle einen Schauder im Rücken. Oma hat recht, es ist schön, im fünften Stock zu wohnen, man ist so geborgen. Von Zeit zu Zeit fährt man mit dem Fahrstuhl nach oben und klettert durch die Luke aufs

Dach. Es ist gefährlich, ganz oben zu wohnen ... Wenn Sabrina wirklich einmal hier einziehen wird – jetzt ist es so still, so still dort oben! –, dann werde ich auf sie aufpassen müssen.

Ich mache eine Reise und packe in meinen Koffer ein Fernglas und eine Lupe. In das Fernglas kann man von beiden Seiten hineinschauen. Ich spiele damit von morgens bis abends.

Ich liebte Sabrina. In den Schnee, das weiß ich bis heute, schrieb ich einmal ihren Namen. Ich malte sogar ein Herz dazu, mir stockte der Atem vor Aufregung, mich schwindelte. Wie dumm es ist, ein Herz zu malen!, dachte ich streng und brachte es doch nicht über mich, meine Zeichnung mit der flachen Hand in den Schnee zu stampfen. Ja, ich liebte sie, doch hätte ich dieses Wort nie benutzt, benutzte es wohl nicht einmal in Gedanken. Im Laufe eines Lebens verliert ein Wort an Bedeutung. Damals liebte ich sie, etwas in mir erfand diese Aufregung, dieses Entzücken, erfand eine kindhafte Zuneigung zu ihr, eine Zuneigung, für die es kein Wort gibt. Man müsste eine ganz neue Lautfolge bilden, um zu benennen, was ich meine: Liebe ist immer nur die eine Liebe, sie hat vorher nicht existiert und wird niemals wieder empfunden werden.
Dabei hatte ich Sabrina doch nur ein einziges Mal getroffen. Wusste ich überhaupt noch, wie sie aussah, wer sie war? Wie lange ich weg gewesen war! In den Monaten ohne sie, weit entfernt von Oma und Hochhaus und der Schaukel im Garten, hatte ich mir mitunter vorgestellt, ich müsse sterben: Am Bauch klafft die Wunde, meine Hand ist zu klein, sie zu schließen, Blut strömt unaufhörlich zwischen den Fingern hindurch. Vielleicht hat mich ein Soldat angeschossen, es ist Krieg. Ich erreiche das Hochhaus, meine Heimat, mit letzter Kraft. Halb schon in mich zusammengesunken, drücke ich

den Klingelknopf. Dann verliere ich die Besinnung. Einmal werde ich noch wach und öffne die Augen. Über mir ihr Gesicht, sie streichelt meine Stirn. »Ganz ruhig«, sagt sie, doch kann ich sehen, dass sie geweint hat. Ich bin sehr müde. Die Welt ist schon düster, bald wird es Nacht werden. Die Welt wird schwarz sein. Ich bin ein Held, ich bin sehr tapfer. Ich fühle mich so warm und geborgen, wie noch niemals ein Mensch es gewesen ist: Meine Vorstellung von Glück.

Ich könnte heute nicht sagen, welche äußeren Bilder meinen Fantasien damals Nahrung gaben: Es war eine Zeit des Friedens und Wohlstands, ich wusste wenig über den Tod und erinnere mich nicht daran, mit ihm je in Berührung gekommen zu sein. Vielleicht waren es die seltenen Berichte meiner Oma, die hier nachwirkten. Ich dachte nicht darüber nach. Ich genoss meine Träume und folgte ihnen bereitwillig, bedingungslos und melancholisch, schon als Kind. Ja, ich war glücklich.

Unser erstes Zusammentreffen nach langer Zeit stelle ich mir freilich ganz beiläufig vor. Etwa so: Ich bewarf Toni mit Schneebällen, als ein Auto von der Straße her sich uns näherte. Ich hatte ihn gerade am Arm getroffen und lachte übermütig, während er das Gesicht verzog. Jetzt hupte das Auto und wir mussten die Garagenauffahrt freigeben. So standen wir zu beiden Seiten der Fahrbahn, eine Frau kurbelte das Fenster des Autos herunter und steckte den Schlüssel in den Pfahl vor dem Garagentor. »Hallo Andi«, rief die Frau und auch Sabrina winkte mir zu. Ich sah die beiden aber nur ganz kurz. Das Auto verschwand in der Garage und genau in dem Moment, als ich ihm hinterdrein springen wollte, traf mich Tonis Geschoss am Ohr. – »Juchhu!« johlte er und stürzte sich auf mich. Ineinander verknotet, schreiend und lachend lagen wir im Schnee. Unterdessen schloss sich das Garagentor wieder.

Wir Jungs bemerkten es in unserem Kampf gar nicht. Später fragte ich Toni, ob er die Neue schon kennengelernt habe, er aber winkte ab. »Blödes Mädchen«, sagte er.

Das Muster der Tapete beginne ich erst jetzt zu erkennen. Will ich es auswendig lernen? In einem Winkel der Decke wohnt eine Spinne. Ich krieche über den Boden und studiere die Fransen des Teppichbodens. Der Spinne schaue ich beim Töten zu und verstopfe mir mit den Fingern die Ohren.

Es gibt Sätze, die man früh gehört hat und die einen ein Leben lang begleiten. Vieles wird später vergessen und niemals mehr an die Oberfläche des Bewusstseins getragen. Manche anderen Eindrücke werden nach Jahren und Jahrzehnten wieder ahnbar, eine Melodie, ein Geruch, eine Folge von Bildern lassen das frühere Leben für kurze Momente durchscheinen. Gewisse Erinnerungen aber bewahren ihre Gegenwärtigkeit, kehren wieder und wieder und wandeln mit dem sich verändernden Menschen nur langsam und nur in Nuancen ihr Aussehen, während ihr Wesenskern unangetastet bleibt: Ein Halt? Eine Fessel? Und sind die solcherart im Gedächtnis fortlebenden Bilder getreues Abbild eines Beginns? Leitsätze? Oder behält das Sieb des Gedächtnisses seinen Besitz nach Kriterien zurück, die der wache Mensch belächeln müsste?
Mama erzählte von einem Pfarrer, der mit einem Freund eine Vereinbarung getroffen hatte: Derjenige, der zuerst sterben würde, sollte dem anderen Auskunft über den Tod geben. Der Pfarrer träumte, er stehe diesseits am Ufer. Ein Kahn, darauf die dunkle Silhouette des Verstorbenen, die sich langsam über den Fluss entfernt. Die stumme Frage des Pfarrers: »Wohin gehst du? Was erwartet dich? Gibt es noch Leben für dich?« Schweigend schüttelt der Tote den Kopf. Der Pfarrer, so sagte

Mama, habe nach dieser Begebenheit den Glauben an Gott verloren.

Eine Erzählung aus dem Krieg: Eine Mutter, die schon seit Wochen Nacht für Nacht in den Luftschutzkellern verbringt, erwacht aus unruhigem Schlaf und weiß, dass ihr Sohn erschossen wurde. Er ist gefallen als Soldat. Die offizielle Todesnachricht erhält sie erst Wochen später, das Datum seines Todes stimmt aber mit dem Moment ihrer Gewissheit – wie könnte sie diese Nacht jemals wieder vergessen? – überein.

Oft stellte ich mir vor, ich sei selbst Soldat und stürbe in Sabrinas Armen. Sie streichelt mich, ich liebe sie, ich habe keine Angst.

Ich fragte mich, wie es wäre, wenn jemand ums Leben käme, dem ich zuvor Böses gewünscht hätte. Vielleicht hatte auch dieser Gedanke mit einer Erzählung zu tun, die ich mit angehört hatte. Ich versuchte daraufhin, meiner Lehrerin nur noch Gutes zu wünschen. Wenn ich sie loswerden wollte, weil ich sie hasste, wünschte ich ihr einen langen Urlaub auf einer fernen Insel.

Berichte über meinen Vater wurden mir wahrscheinlich schon als Kleinkind gegeben: Weil Mama böse auf ihn war oder weil sie ihn vermisste. In diesen Schilderungen begegnete mir ein untersetzter, verwegener Mann, der beständig rauchte und eine schief sitzende Mütze auf dem Kopf trug. Seine Hände sind mir derart deutlich im Gedächtnis geblieben, als hätte ich sie gezeichnet: Breite braune Hände, rötlich behaart, mit blauen, die Haut wölbenden Adern. Seine linke Hand ist in der Mitte der Innenfläche tätowiert: Ein kleiner Schmetterling spreizt die Flügel. Diese Hände konnten zupacken, konnten festhalten, konnten aber auch sanft sein und beschützen. All das erfuhr ich, ohne dass Mama es wohl jemals deutlich ausgesprochen hätte. Als ich Vater viele Jahre später einmal traf, konnte das tatsächliche Bild, das er abgab, mein eigenes, richtigeres, nicht verdrängen. Heute gibt es beide Vaterbilder; das innigere, das vertraute aber ist dasjenige, das Mama mir gab.

Manchmal wohnte sie mit uns zusammen. Dann stand sie abends vor der Haustür und fragte, ob sie bei uns übernachten könne. Ich hatte nichts dagegen und auch Oma nickte mit dem Kopf. Im Schlafzimmer wurde eine Matratze neben mein Bett gelegt, dort schlief Mama. Sie ging natürlich viel später schlafen als ich, so dass ich sie erst morgens neben mir am Boden sah. Mama und Oma sprachen oft halbe Nächte miteinander, ich durfte die Zimmertür offenlassen, so dass ihre Stimmen mich begleiteten, undeutlicher wurden, sich entfernten, dann schlummerte ich schon.
Es war Winter. Auf dem ganzen Land lag Schnee. Sabrina wohnte ganz oben, unterm Dach. Sie ging aber auf eine andere Schule als Toni und ich, ihre Mutter fuhr sie jeden Morgen mit dem Auto fort. Ich traf sie im Garten. Eigentlich hatte ich mit Lorenzo und Toni ein Iglu bauen wollen, Frau Santori hatte die beiden ins Haus gerufen. Es schneite in großen Flocken. Sabrina sprang durch den Schnee, machte Schneebälle und wollte sie mir an den Kopf werfen. Ich hob selbst den Schnee vom Boden auf, er war leicht wie Luft, eine Ansammlung feiner Kristalle. Wir bewarfen uns, so dass wir rote Backen und rote Hände und glühende Stirnen bekamen davon, wir dampften förmlich.
»Schau mal«, sagte Sabrina und warf sich unvermittelt auf die Knie. Sie senkte den Oberkörper und drückte rasch ihr Gesicht in den Schnee. »Das bin ich«, erklärte sie mir, quietschend vor Freude. In rascher Folge stempelte sie ihr Gesicht in die weiße Welt, fünfmal, zehnmal. Ich versuchte, ihre Züge in den Abdrücken zu erkennen, sah wohl auch die sozusagen

mathematische Ähnlichkeit, ohne jedoch den Ausdruck ihres Gesichts in den Schneereliefs wiedererkennen zu können. Von unten betrachtet sehen die Formen wahrscheinlich wie Sabrina aus, dachte ich. Von innerhalb ihres Kopfes gesehen, ist das Gesicht ja auch genauso geformt wie ein Schneeabdruck. Ich wunderte mich darüber, Sabrina aber wollte, dass ich nun mein Gesicht in den Schnee drückte. Ich tat es in zwei von ihr vorgezeichneten Stellen. Während die Kälte des Untergrunds meine Haut straffte, versuchte ich, mich in Sabrina umzuschauen. – »Wie ähnlich wir uns sehen«, jubelte sie und hüpfte sorglos durch den Garten.
Am Abend fragte ich Mama, ob sie mir ähnlich sähe. Das hatte ich schon oft gehört, fand aber selbst, dass das überhaupt nicht stimme.
Mama lag auf der Matratze neben meinem Bett, sie war angezogen, während ich im Schlafanzug in meine Decke eingerollt war und immer wieder gähnte. Mama hatte geweint. »Ob du mir ähnlich siehst?« fragte sie und lächelte mich auf diese besondere Art an. Sie sagte aber nichts, sie nahm nur meine Hand.
Hoffentlich wird es niemals wieder warm, dachte ich. Im Sommer schmilzt der ganze Schnee ja wieder.

Hab heute doch einmal die Tür geöffnet. Vielleicht war es die Angst zu verstummen, ich wusste nicht einmal, ob ich den Blick eines Menschen noch aushalten würde. Es kostete Überwindung, die Klinke hinunterzudrücken. »Wollen Sie eine Zeitung abonnieren, einen Anstecker kaufen?« Der Mann stank nach Bier und sah aus wie ich.
Ich gab ihm Geld und schlich wieder hinein.

Morgens war es noch ganz dunkel, wenn ich aufstand. Oma machte mir das Frühstück. Das Radio lief. Sie humpelte in der kleinen Küche auf und ab und hantierte mit Töpfen und Tellern, während ich, benommen vor Müdigkeit, die alte Frau und ihr Pfeifen wie durch einen Schleier wahrnahm. Der Küchentisch, mit einer geblümten Wachstuchdecke bezogen. Im Käfig am Fenster ein gelber Kanarienvogel, laut trällernd. Der Blick hinaus: Sterne am Himmel. Eierbecher und Brotschale. Dampfender Tee. Omas Hände. Ihr Gesicht, ihre Augen, das weiße, vom Kopf stehende Haar. Für gewöhnlich konnte ich kaum essen morgens und trank nur ein paar Schlucke Tee. Dann das Treppenhaus hinunter. Gelbe Beleuchtung. Durch die Fenster der Blick auf das gegenüberliegende Hochhaus, verschneite Gartenanlage drüben, es ist noch immer Nacht. »Toni kommt gleich.« Frau Santori führt mich ins Esszimmer. Sie trägt ein Kopftuch und ist schlechter Laune. Merkwürdig pfeffriger Geruch. Papa Santori hat einen dicken Bauch und liest gern Zeitung. Lorenzo mit Brot in der Hand. Tonis Schultasche. Ein Sportbeutel. – »Komm nach der Schule gleich wieder, Toni, wir wollen pünktlich essen …« – Dann hinaus. Fußspuren im Schnee. Handschuhe. Toni mit meiner Mütze in der Hand, ich renne ihm nach. An der Straße stehenbleiben, so wie Oma immer mahnt. Links schauen, rechts schauen, noch einmal links – dann gehen. An einer Stelle des Wegs ist eine Pfütze gefroren. Toni will rutschen, verliert das Gleichgewicht, fällt. Ich helfe ihm wieder auf die Beine. Das Schulhaus war groß, ein schmuckloser Quader. Unser Klassenzimmer – es lag zu ebener Erde – ist in meiner Erinnerung in beständiges Halbdunkel getaucht. Die Böden waren mit grauem Stein gefliest, weiße Neonröhren leuchteten, in deren Licht man sich selbst wie eine Skulptur vorkommen konnte, wie eine Statue, ausgeleuchtet und ausgestellt.

Wiederkehrende Bilder:
Die Lehrerin mit erhobenem Arm, das blonde Haar über die Schulter in den Nacken werfend.
Ich an ihrer Seite vor der Tafel, stotternd, gegen das Aufsteigen meiner Tränen kämpfend.
Im Schulgebäude Streit mit einem älteren Schüler, sein Lachen; zum Kampf kam es nicht, Toni zog mich zur Seite.
Toni war mein bester Freund.

Am Nachmittag träumte ich: Ich war ein Junge und sprang über das Dach des Hauses. Es war Sommer, strahlender Mittag. Ich stand auf den Kieseln am Rand des Daches und sah hinab. Ein Riese beugte sich über mich und raunte mir ins Ohr; ich konnte nicht verstehen, was er sagte. Ich wollte mich abwenden, da schrie die Stimme auf, ich stürzte den Abgrund hinab. Im Fall mich nach oben umwendend, sah ich den Mund des Riesen, das Entsetzen in seinem Gesicht, die nach mir greifende Hand. »Mein Junge!« schrie er entsetzt auf, »mein Junge!«
Ich falle, doch erwache ich nicht. Ein Mann ist in meiner Nähe. Ich spüre den Luftwiderstand an meinen Kleidern reißen, sie in Falten in die Höhe zerren, ich höre das wiederkehrende Aufeinanderklatschen des Stoffes meinen Schrei übertönen. Der Mann lächelt mich an. Er ist nicht mein Vater mit der tätowierten Hand und der schiefsitzenden Mütze auf dem Kopf, und doch spüre ich die Verwandtschaft, die zwischen uns besteht. Sein Gesicht ist ruhig. Undeutlich erkenne ich sogar ein Zimmer, das ihn umgibt: Ein Bett, auf dem er liegt, ein Schreibtisch neben einer hohen Schirmlampe, im Hintergrund zwei Fenster mit Ausblick auf ein blaues Meer. Toni ruft meinen Namen, ich soll in den Garten kommen und mit ihm spielen. Oma steht auf ihren Stock gestützt an der Balustrade

ihres Balkons und gießt Blumen. Der Mann hält ein Schreibheft in der Hand und streckt es mir entgegen. Ich reiße das Heft an mich und schlage es in der Mitte auf. Die Seiten flattern im Wind. Mühsam die Buchstaben entziffernd, lese ich, dass ich lese. Ich lese, dass der Mann in seinem Bett liegt, es ist Nachmittag, und dass er sich seufzend auf die andere Seite wälzt: Die Fenster stehen offen, ein kühler Lufthauch dringt herein und streicht über seine Haut.
Ich blättere weiter und suche nach der Beschreibung eines Spiels, suche nach Sabrinas Augen und der beruhigenden Stimme meiner Oma, wenn sie mir abends eine Geschichte vorliest. Einmal werden wir alle gemeinsam im Hochhaus leben: Der Kapitän weit oben, Sabrina unterm Dach, Mama mit mir im Schlafzimmer, während Oma in der Küche für uns alle Bratkartoffeln kocht. Der Duft von Zwiebeln und Bratensoße verbreitet sich im ganzen Haus.
Das Heft entgleitet meinen Händen, wie ein Schmetterling flattert es über mir durch die Luft. Jetzt bin ich in seinem Zimmer, knie neben seinem Bett. »Ich will spielen«, sage ich trotzig. Das Zimmer ist groß und ich habe Angst, mich darin zu verlieren. »Lebst du ganz allein hier?« frage ich. Schweigend steht der Mann auf und geht auf das Fenster zu. Er blickt hinaus aufs Meer. »Schöner Tag heute«, sagt er. »Aber stürmisch. Ich habe auch ein Boot hinterm Haus, willst du das sehen?«
Er geht über den Strand aufs Meer zu. Menschen, an denen er vorbeigeht, blicken neugierig hinter ihm her, er lächelt ihnen zu und murmelt in einer fremden Sprache einen Gruß. Ich sitze schon im Boot. Er watet durchs Wasser. Dann hockt er mir gegenüber und stemmt sich gegen die Ruder. Ich beuge mich über den Rumpf des Bootes und tauche meine Hand ins kalte Wasser.
»Jetzt bleibe ich bei dir«, sage ich. »Ich geh sowieso nicht mehr

in die Schule.« – »Du gehst wohl nicht gern hin«, sagt der Mann.
Ich schüttle energisch den Kopf. Ich beginne, von der Lehrerin zu erzählen, von den düsteren Gängen, dem kalten weißen Licht. Von der Ungeduld vor der Pause. Von meiner Angst, entdeckt zu werden. Ein Junge mit lautem Lachen und seine Freunde sagen, ich sehe aus wie ein Mädchen. »Andi ist Andrea«, rufen sie im Chor, »Andi ist Andrea!«, und klatschen dazu im Takt mit den Händen. Nach der Schule lauern sie mir auf und versperren mir den Weg. »Das ist unser Weg«, sagt einer der Jungen und lacht laut. »Da dürfen nur echte Jungen lang gehen ...« Eine Klassenkameradin lässt er passieren, mich stößt er in die Hecke, wieder und wieder, bis meine Hände blutig sind. »Merk dir das!« sagt er.
Wenn ich endlich zu Hause ankomme, schließe ich mich in meinem Zimmer ein und höre Radio.
Ich stürze hinab. Der Mann rudert das Boot. Schon kann ich ihn kaum mehr erkennen, ein dunkler Umriss schwankt vor meinen Augen. Gegen den Widerstand einer fast unüberwindlichen Luftsäule, um jeden Millimeter kämpfend, führe ich meine Hand an sein Gesicht heran. Im letzten Moment vor der Berührung ist das Gesicht schon ganz schwarz geworden, das Gesicht eines Toten, der Mann selbst lächelt traurig und hebt und senkt seine Ruder. Später wird er die Angelrute hervorziehen, den Köder aufspießen und die Leine auswerfen. Mit einem Schrei überwinde ich die Entfernung und streiche über seine Haut, im selben Moment wird das Gesicht vor mir in die Höhe gerissen, ich falle hinab, sehe schon die Schaukel, den Rasen, die Bank vor meinen Augen anwachsen. Ich schreie auf – und erwache.
Später am Tag ging ich an den Strand und sammelte Muscheln und schöne Steine.

III

Meist verlasse ich schon früh am Morgen mein Haus am Meer. Ich gehe am Strand entlang, manchmal bade ich oder fahre mit dem Boot hinaus – das ist meine ganze Beschäftigung. Einige alte Männer mit sonnengebräunten Gesichtern luden mich an der Promenade zum Boulespiel ein. Es war herrliches Wetter, der Himmel azurblau bis zum Horizont. Sie hatten neben einer Bank einen kleinen Holztisch aufgestellt, darauf standen zwei Flaschen Wein und ein paar Becher. Sie gossen mir ein und lachten herzlich, als ich ihnen in meinem holprigen Französisch zuprostete. Es war das erste Mal, dass ich mit ihnen sprach, sie haben mich aber bestimmt auch vorher schon bemerkt: Ein Fremder ist in einem kleinen Dorf immer eine Kuriosität. Sie waren sehr ausgelassen, klopften mir auf die Schulter und freuten sich doch, wenn sie meinen Wurf noch übertrafen. Besonders ein Kerl namens Pierre interessierte sich für mich, ein Mann mit grauem struppigem Drahthaar, Dreitagebart und dunklen, lebhaften Augen. Auf seinem Arm entdeckte ich eine Tätowierung: Eine Art Seejungfrau mit großen Brüsten über einer stilisierten Brandung. Ich verstand nur einen Bruchteil von dem, was er sagte. Es mag also halb fantasiert sein, was ich mir aus seinen Erzählungen zusammengereimt habe.
Das Haus, das ich bezogen habe, gehörte einmal seinem Sohn. Dieser Sohn wohnte früher selbst darin, lebt jetzt aber in einem Nachbardorf (oder in der Stadt? Oder ist er gestorben?). Ein Großteil der Menschen hat die Bucht verlassen, früher gab

es viele Fischer in der Gegend. Heutzutage zieht es die Jugend in die Städte. Es gibt kaum mehr Arbeit hier: Die Fischereibetriebe stehen leer und auch Hotels und Restaurants gibt es nur wenige. Reisende machen selten Halt in dieser Gegend.
Er fragte mich nach meiner Frau. Er erinnert sich an sie, wir waren vor Jahren einmal zu Besuch in dieser Bucht. Damals wohnten wir für wenige Tage im Hotel Peridot, eigentlich einer Art Privatpension, die aber geschlossen wurde, als die Wirtin, an die ich mich noch gut erinnern kann, vor einigen Jahren verstarb. Sie hieß Madame Luart, wollte von uns aber nur Louise genannt werden. Morgens brachte sie uns das Frühstück aufs Zimmer und summte mit unsicherer Stimme Chansons. Darüber mussten wir lachen. Abends setzte sich Leonora manchmal zu ihr an die Rezeption, um zu plaudern. Sie konnte gut Französisch. Wir waren auf der Durchreise.
Der Alte erkundigte sich nach Leonora, er wusste sogar ihren Namen. Ich senkte den Kopf; ich schwieg. – »Schade«, sagte er. »Ist ja aber so üblich heute. Ich mochte sie gern.« – Ich nahm eine Kugel und warf sie. Es sollte der einzige Punkt bleiben, den ich im ganzen Spiel erzielte. Wir warfen, wir tranken, nach Stunden verabschiedete ich mich schließlich von den Männern. Es war das erste Mal seit Wochen, dass ich einen Nachmittag in Gesellschaft verbrachte. Es tat mir gut.

Am Abend klopfte es an der Tür. Ich saß am Schreibtisch, hatte es aber schon aufgegeben, einen klaren Gedanken fassen zu wollen. Es war bereits dunkel draußen, über dem Meer glitzerten unzählige Sterne. Ich horchte, ob ich mir das Geräusch nicht eingebildet haben konnte. Es wiederholte sich aber und mit einem unsinnigen Gefühl von Beklommenheit stand ich von meinem Stuhl auf. Manchmal habe ich sogar Angst nachts, wie das Kind, über das ich schreibe.

Ich ging durchs Wohnzimmer zum Flur, dort zögerte ich einen Moment, blieb neben der Tür noch einmal stehen und zog behutsam die Gardine zurück, die vorm Fenster hängt. Ich blickte hinaus. Draußen stand eine junge Frau mit kurzem, hell gefärbtem Haar. Sie hatte braune Augen und trat verlegen von einem Fuß auf den anderen. Als ich die Tür öffnete, stellte sie sich mir als Großnichte jenes Pierre vor, mit dem ich am Nachmittag Boule gespielt hatte. Sie heißt Isabelle.
Wir gingen hinein. Ich war nicht auf Besuch vorbereitet, auf dem Boden des Zimmers lagen Bücher herum. Ich goss uns Wein ein, wir setzten uns. Übrigens kann die Frau Englisch, was sie in dieser Gegend zu einer Ausnahme macht. Wir konnten uns gut verständigen.
Sie blickte sich neugierig im Zimmer um. Ich fragte sie, ob sie früher schon mal im Haus gewesen sei, sie schüttelte den Kopf. »Es ist Ihr Haus«, sagte sie, »es passt Ihnen schon wie eine gut sitzende Jacke.« Sie stand auf und ging auf das Bücherregal zu, die alten Holzbohlen knarrten unter ihren Füßen. In der ersten Nacht hier hat es mich manchmal erschreckt, dass das Haus reden kann, dass das Holz im Dachstuhl knackt oder dass Planken im Keller knirschen. Jetzt freute ich mich schon darüber. Die Wände sind aus Steinquadern, mit Mörtel abgedichtet. In der Nähe der Bucht gibt es einen Steinbruch.
»Onkel Pierre hat mich geschickt«, sagte die Frau, indem sie sich plötzlich nach mir umwandte. »Nun ja, vielleicht hat er mich nicht wirklich geschickt. Er hat von Ihnen erzählt.« Sie musterte mich, ihren Kopf etwas schief gelegt. »Ist Ihre Frau tot?« fragte sie plötzlich. – Ich nickte. – »Er hat sich Gedanken darüber gemacht«, erklärte sie. »Er sagt, Sie seien so ein glückliches Paar gewesen, Sie beide. Ich glaube, er hat Angst, taktlos gewesen zu sein.« – Ich winkte mit der Hand ab und lächelte. Da wurde die Frau wieder verlegen.

»Fahren Sie auch manchmal mit dem Boot hinaus?« fragte sie. »Sie haben doch ein Boot, oder?« – »Ein kleines Ruderboot«, antwortete ich, »es liegt hinterm Haus.« – »Wenn Sie wollen, zeige ich Ihnen die Hungergrotte, haben Sie die schon mal gesehn?« – Ich schüttelte den Kopf. – »Sie liegt ein paar Meilen nördlich der Bucht«, erklärte die Frau. »Man kann sie nur vom Meer aus erreichen. Jedenfalls riskiert man sein Leben, wenn man über die Klippen hinabzuklettern versucht. Es heißt, in diese Höhle hätte sich einmal eine ganze Familie vor dem Sturm geflüchtet. Ihr Boot sei zerschellt, über das herumliegende Geröll hätte man sich jedoch in die Höhle retten können.«

Die Frau zögerte und sah mich fragend an. Ich nickte ihr auffordernd zu.

»Der Sturm peitschte die Wellen auch bei Ebbe weit in den Strand hinein«, fuhr sie fort. »Die beiden kleinsten Kinder auf den Armen, so taumelten die Eltern in die Grotte. Dann stieg das Meer an, draußen flogen Blitze vom Himmel. Die Höhle reicht bis weit in den Fels hinein. Dabei fällt sie zunächst steil in die Tiefe, um dann aber, zu einer Art Kammer hin, plötzlich wieder anzusteigen. Man kann diese Kammer nur mit Vorsicht und über einen aus der Tiefe hochragenden Felssplitter erreichen. Die ansteigende Flut drängte die Menschen tiefer und tiefer in den Fels hinein. Der Eingang der Höhle war längst versperrt und doch stieg das Wasser noch immer an und warf seine Gischt dröhnend ins dunkle Innere der Höhle. Das tosende Gurgeln und Saugen, das wiederkehrende Anrennen der Wellen muss ungeheuerlich geklungen haben im Fels. Man erzählt heute, der Sturm habe mehrere Tage gedauert und so die Höhle zu einer tödlichen Falle gemacht. Nach einem ganzen Tag im Inneren des Felsens sei der Mann aufgebrochen, um Hilfe zu holen, so sagt man. Der Sturm hatte unterdessen ein ganzes Dorf zerstört. Seine Familie begleitete den Mann durch die Finsternis bis zu den Fluten, man umarmte sich noch einmal, küsste sich, dann holte der Mann tief Luft und sprang ins Wasser ...«

Sie sah mich verunsichert an. – »Was ist geschehen?« fragte ich. – Die Frau blickte zu Boden.

»Er ist nicht zurückgekehrt«, entgegnete sie. »Die Familie hat die Höhle nicht mehr verlassen.« – Ich nickte schweigend.

»Man erzählt sich das seit Generationen hier bei uns in der Bucht«, sagte sie. »Die Kinder lernen die Geschichte wie ein Märchen. Und doch ist die Grotte noch immer gefährlich, auch wenn der Meeresspiegel ihren Eingang seit Jahren nicht mehr erreicht hat ...«

Sie stand auf. »Ich hoffe, ich hab Sie nicht belästigt.«

Sie führte das Glas zum Mund, leerte es in einem Zug und stellte es auf den Tisch zurück. »Onkel Pierre lässt fragen, ob Sie ihn nicht mal besuchen wollen. Am Nachmittag vielleicht, auf ein Glas Wein?« Und sie nannte mir die Adresse.

Ich brachte sie zur Tür und ging noch ein Stück mit ihr durch die Nacht. Der Mond schien über dem Meer, das Wasser lief leicht und mühelos den Strand hinauf. Es war noch immer warm.

Wir verabschiedeten uns, ich ging früh schlafen.

Ich bin ein Junge. Hinter dem Schulgebäude führt ein schmaler Weg zu einer Wiese. Die Wiese ist eingezäunt, der Zaun steht offen. Vor einem Schuppen stehen nebeneinander zwei Hasenställe.

Noch sind wir im Schulgebäude, doch hat die Glocke schon geläutet. »Geh schnell nach Haus«, sagt Toni, »die wollen dich in den Hasenstall sperren.« – Ich sehe ihn verständnislos an. Da kommen sie schon. Drei Jungen. Im Schulhaus ist es düster, man erkennt ihre Gesichter kaum. Sie führen mich nach draußen, den Weg entlang und zur Wiese hinüber. Helles Sonnenlicht blendet mich, ihre dunklen Silhouetten stehen neben mir. Sie sind älter als ich und stärker, sie sind zu dritt. Sie packen mich an den Armen und führen mich ab. Ich bin verhaftet, ohne dass ich etwas Böses getan hätte. »Andi ist Andrea! Andi ist Andrea!« ruft ein Junge, der hinter uns herläuft und in gleichmäßigen Abständen in die Hände klatscht. Versuche ich zu fliehen? Mein Unterleib ist schon gelähmt, bebt gleichzeitig, als hätte man mich geschlagen. Meine Beine bewegen sich wie Stelzen, wie eine Puppe lasse ich mich führen.

»Oma?« frage ich leise. – »Die ist doch tot«, sagt ein Junge und knufft mir mit dem Ellbogen heftig in die Seite. Der Schmerz fließt wie Blut durch meinen Körper.

Vor dem Schuppen. Sie falten meinen Körper zusammen und treten und stoßen ihn durch die Öffnung des kleinen Holzverschlags. Sie setzen die Tür ein, grobmaschiges Drahtnetz im Holzrahmen. Jetzt kann ich mich nicht mehr rühren. Durch die Maschen des Netzes hindurch kitzeln sie mich mit Grashalmen, sie rufen: »Friss doch, Häschen, friss doch.« Alles würden sie mir jetzt antun. Läge ich auf einer Streckbank – lachend würden sie meine Glieder zerren, sich neugierig über mein schreiendes Gesicht beugen, würden mir langsam und verwundert alle Knochen brechen und endlich dann zum Mittagessen erschöpft und glücklich nach Hause gehen.

»Friss doch«, rufen sie, »friss doch«, ich kann nicht einmal die Hände mehr bewegen, um mein Gesicht vor ihnen zu schützen.

»Schaut mal, schaut mal!« ruft einer der Jungen.

In diesem Moment spüre ich einen Halm in mein Ohr eindringen, zucke zusammen, schüttle vergeblich den Kopf, höre das Kichern der Schaulustigen, die mich umringen. »Warum tust du das, Lars?« frage ich. Es gelingt mir, zumindest eine Hand halb zu befreien und damit mein Ohr zu bedecken, da kriechen gleich mehrere Halme über mein Gesicht auf der Suche nach der Nase, den Augen, dem Mund. Ich kneife die Augen fest zu und will mich an einen fremden Ort denken. Hält man den Atem an, kann man zu einer Kugel werden oder sterben, einfach so, weil man es will. Tränen fließen über mein Gesicht, mein Kinn bebt, ohne dass ich noch Einfluss darauf nehmen könnte.

»Jetzt weint es, das Häschen«, ruft eine Stimme, drei Gesichter schauen zu mir herein: Spöttisch und gierig das eine, verschlagen und schadenfroh ein zweites, das Gesicht im Hintergrund wirkt eher erschrocken, vielleicht sogar mitleidig.

»Lasst uns den Käfig hochheben«, sagt der Anführer. »Unsere Andrea will die Landschaft kennenlernen.« Die Schadenfreude nickt heftig Zustimmung. Auch das Mitleid meint es nicht wirklich gut mit mir, misstraut aber der Situation, in der es sich befindet. Ich fühle mich in die Höhe gehoben und schwankend durch die Luft getragen. – »Wohin wollt ihr ihn denn bringen?« fragt das Mitleid zögerlich – »Ihn?« fragt der Anführer. »Ach so, unsern Hasen meinst du …« Und er lacht sein dröhnendes Glockenlachen.

Ich spanne die Muskeln, versuche mit all meiner Kraft den Käfig zu sprengen: Das Holz knirscht, gibt aber meiner Verzweiflung nicht nach. Schreie ich? Die Scham hat mich stumm gemacht. Die Scham hat meine Kehle zugeschnürt und mir die Augen verbunden. Von jetzt ab ist der Tag von mir abgerückt, nur von fern höre ich noch die Geräusche einer untergegangenen Welt. Vielleicht tragen sie mich schon durch das Schulgebäude: Die Ärztin – sie trägt einen weißen Kittel – tadelt uns zwar, schließt sich aber selbst dem Zug an und glotzt in einer Mischung aus Strenge und Verlegenheit auf den gepressten

Kindskörper. Ich will mir die Hände vors Gesicht halten, doch rinnen mir die Tränen noch zwischen den Fingern hindurch. Sie rieseln durch das Stroh, tropfen aus dem Käfig. Krankenschwestern weisen auf die Beschmutzung des Bodens hin, ich werde die Spuren später beseitigen müssen.
Die Stimme des Mitleids flüstert: »Jetzt hat er doch schon alles gesehn. Vielleicht bringen wir ihn doch besser zurück ...«
– »Du hast wohl Angst«, konstatiert die Gier. Und so tragen sie mich weiter.
Neonweiß vergeht die Zeit, ein Tag vielleicht, eine Nacht, ich bin selbst schon Teil des Käfigs geworden, und er weint.
Ich weiß nicht mehr, wie lang wir so gingen.
Am Morgen öffnete ich weit das Fenster, setzte mich an den Schreibtisch und sah hinaus. Das Licht der Neonröhren lag wie eine Folie vor dem Anblick des Meeres.

Ich habe Pierre besucht heute Mittag. Ich ging ein Stück am Strand entlang und fand auch ganz richtig das Haus, das Isabelle mir genannt hatte. Es ist ähnlich gebaut wie das Haus, das ich selbst bezogen habe: Stein auf Stein, mit Mörtel aufeinander gefügt. Schräg über der Eingangstür ein kleiner Balkon, dessen Balustrade von Efeu umrankt wird. Ich fragte mich, ob ich auch mit Leonora diesen Weg gegangen bin, ich war mir nicht sicher. Pierre hat sie gekannt, er erinnert sich an uns, wie wir früher waren, erinnert sich an sie, das allein schon macht ihn für mich wichtig. Es ist, als könne ich einen Fremden – ich habe ihn früher nicht bemerkt – zur Zeugenschaft anrufen, als lebe der geliebte Mensch nicht nur in einem selbst fort.
An der Tür seines Hauses baumelt ein Messingring, ich schlug damit gegen das Holz. Es dauerte nicht lang, bis mir geöffnet wurde: Pierre trug über der Hose nur ein T-Shirt, so dass man die Tätowierung auf seinem Arm deutlich sehen konnte. Er

lachte freundlich, und weil ich Lust dazu hatte, griff ich nach seinem Arm und betrachtete die Tätowierung. Die Frau mit den großen Brüsten sah mich an, und als der Alte die Muskeln anspannte, wölbte ihr nackter Körper sich mir entgegen. »Wie alt ist sie?« wollte ich wissen. – »Ich war siebzehn«, antwortete Pierre und schmunzelte vergnügt. Fast beneidete ich den Alten um dieses sichtbare Zeichen einer lang vergangenen Jugend auf dem Arm.

Er führte mich ins Wohnzimmer, wir setzten uns an den Tisch. Es war angenehm kühl. Er holte zwei Becher und eine Flasche Wein, wir prosteten einander zu. Ich fragte ihn, ob es eine Schule im Dorf gebe, »die würde ich mir gerne anschauen.« Es gebe schon seit Jahren keinen Schulbetrieb mehr, entgegnete er lachend, beschrieb mir aber, wo das Schulhaus noch heute stehe. »Es ist leer«, sagte er. Dann erzählte er von seiner Kindheit, ich konnte ihn aber kaum verstehen.

»Wo ist Ihre Frau?« fragte ich nach einer Weile. Er deutete durchs Fenster in Richtung Meer. – »Ist sie verreist?« Er lächelte nachsichtig und schüttelte den Kopf. Ich hätte ihn gern gefragt, ob sie im Meer bestattet oder vielleicht sogar dort draußen gestorben sei. Ich fand aber die Worte nicht. Vielleicht ist das Meer in einem Fischerdorf Symbol für den Tod, überlegte ich, so wie es für das Leben und die Geburt steht. »Es ist schön, das Meer zu hören«, sagte ich. – Er nickte.

Ich mag Pierre gern. Er ist ein Mann und ein Kind, und er ist alt. Er machte Scherze, indem er sich mit beiden Armen auf den Tisch stützte und dann vom Stuhl aufsprang. Er beugte den Kopf bis auf die Tischplatte, stieß mit den Füßen den Stuhl hinter sich um und hob die Beine in die Höhe. Er erreichte fast eine Kopfstandposition, er ist noch immer stark. »Das mache ich jeden Morgen und jeden Abend«, sagte er stolz. Er freute sich, dass ich über ihn lachte. Nah am Fenster steht ein Klavier, ich setzte mich auf den Schemel und klimperte ein wenig. Ich spiele nicht sehr gut, und doch stand Pierre von seinem Stuhl auf, klatschte in die Hände und rief immer wieder: »Ein Musiker! Sie sind ja ein Musiker!« Ich spielte fast eine halbe Stunde lang, das, was mir eben einfiel. Je weniger Tasten man drückt, desto weniger verirrt man sich. Ich war schon etwas betrunken, und einmal rief ich: »Für Leonora! Das ist für Leonora!« – Da klatschte der alte Mann noch lauter und tanzte förmlich um das Klavier herum.

Oma war gut zu mir. Und sie liebte das Leben, wenn sie auch Schmerzen hatte. Und sie war kurzsichtig. Das war sie aber nur, wenn es mir half. Ich erinnere mich daran, dass sie mich manchmal nicht sehen konnte, wenn ich weinte. Und sie war vergesslich. Sie sprach nicht mehr über meine Sorgen. Wenn sie an meinem Bett saß und das Nachtgebet sprach, wenn die Decke, in die sie mich eingeschlagen hatte, mich von allen Seiten wärmte, wenn ihre Hand mir über die Stirn fuhr und ich spürte, wie der Schlaf kam, ganz sanft, unmerklich, wie eine Strömung, die einen fortträgt: dann war ich glücklich.

Ich glaube, Isabelle ist etwas verliebt in mich. Vielleicht hat sie auch nur Mitleid mit mir, ich weiß es nicht. Heute fragte sie mich unvermittelt, ob ich mir schon einmal eine Situation vorgestellt hätte, bei der ich auf alle Leute träfe, die in meinem Leben eine Rolle gespielt hätten. Die Lebenden, die Toten, alle wären sie versammelt. »Wie ein Klassentreffen«, sagte sie.
Derartige Fragen stellt sie mir manchmal, es ist schon ganz normal zwischen uns. Vielleicht deshalb, weil wir uns kaum kennen, weil ich abreisen werde und weil uns keine Vergangenheit, keine Zukunft miteinander verbindet. Wir sind wie Reisende; wenn der Zug hält, steigen wir aus, grüßen uns noch

einmal, bemerken wohl auch noch aus den Augenwinkeln, wie der andere sich abwendet, und werden uns nie mehr begegnen. Oder doch? Es wäre ein merkwürdiger Zufall.

Wir waren mit dem Boot ein Stück hinausgerudert. Ich erinnerte mich an den Traum, in dem ich, das Kind, vom Hochhaus gefallen und dann dem Erwachsenen auf einer Bootsfahrt gegenüber gesessen war. Jetzt war ich der Erwachsene. Isabelle sah mich erwartungsvoll an.

»Wo ist die Höhle?« wollte ich wissen. Sie wies mit der Hand auf eine Klippe, die sich in einiger Entfernung von uns ins Meer schob wie der Bug eines Schiffes. »Die Grotte ist aber noch hinter diesem Vorsprung«, erklärte sie.

Der Junge malte sich mitunter aus, er werde selbst durch eine Höhle geführt oder durch ein Kellergewölbe. Dann zeigte man auf zwei Podeste und auf den Podesten standen Menschen, die er liebte. Seine Oma zum Beispiel auf dem einen und Toni auf dem anderen. »Du musst wählen«, wies ihn eine metallene Stimme an. »Nur einer von beiden kann überleben.« Hinter den Podesten war ein Abgrund, in den würde einer der Menschen gestoßen werden, mich im Fall erstaunt anblickend, während die Hand des Jungen auf die andere der beiden auf dem odest stehenden Figuren weisen würde. Dann stand Mama auf einem Podest, und Papa, so wie ich ihn aus ihren Erzählungen kannte, auf dem zweiten.

»Auf wen haben Sie gezeigt?« wollte Isabelle wissen. Ich zuckte mit den Schultern. »Ich kann mich nur noch an meine quälenden Gedanken erinnern, an die Schuld, die bevorstand«, sagte ich. »Ich weiß nicht, ob ich den Arm hob, ich habs vergessen.«

Manchmal stand ich auch selbst auf einem Podest, es war so leicht mich zu befreien, ich musste nur hinabsteigen, während ein anderer für mich in die Tiefe stürzte.

»Als ich klein war, lagen am Strand noch Fischerboote«, erzählte Isabelle. »Große Boote und kleine, und Fischernetze hingen zum Trocknen in der Sonne. Jetzt sind nur noch vier Boote am Ufer. Eines, das rechte, gehört Pierre.«
Ich blickte zurück zu der Stelle, von der wir abgestoßen waren, konnte aber nur die Gebäude des Dorfes noch deutlich unterscheiden. Ein Kirchturm überragte die umstehenden Häuser, seine Spitze funkelte im Sonnenlicht. »Weshalb sind Sie noch hier?« fragte ich. – »Ich hab meine Arbeit verloren. Seit zwei Monaten bin ich wieder in meiner Heimat. Ich wohne bei Pierre im Moment. Ich werd wahrscheinlich nicht mehr lang hier sein …« – Ich lächelte sie an. Da sah sie über den Rand des Bootes ins Wasser.
Es war ein sonniger warmer Tag, nur vereinzelte Wolken trieben leicht über den blauen Himmel.
»Wohin werden Sie gehen, wenn Sie das Dorf verlassen?« fragte sie mich. »Ich weiß nicht, ich hab schon lang nicht mehr über meine Zukunft nachgedacht.« Ein ruhiger Seegang hob und senkte unser Boot.
Ich hatte Lust zu schwimmen, also zog ich mich aus und sprang ins Wasser. Das Meer war eiskalt. Ich tauchte. Das Wasser war grün, ich konnte den Grund nicht erkennen. Nach ein paar Zügen machte ich kehrt und schwamm zur Oberfläche zurück.
»Schwimmen Sie mir nach, wollen Sie?« rief Isabelle. Sie ruderte nach Kräften, ich schwamm mit fliegenden Armen. Die Wellen stürzten mir entgegen, einmal überrollten sie mich. Hustend hielt ich inne. Das Boot war nicht mehr zu sehen. Ich sah mich um. Für einen Moment wirkte das Meer so groß und weit, so kalt. Da hörte ich ihre Stimme in meinem Rücken; ich war in die falsche Richtung geschwommen.
Wir paddelten in einem Abstand von etwa einer halben Meile

am Ufer entlang. Als wir die Höhe der Klippe erreicht hatten, hob Isabelle erneut den Arm: »Sehen Sie dort? Das ist die Hungergrotte. Wollen wir da an Land gehen?« Ich dachte an die Geschichte, die sie mir erzählt hatte, und schüttelte den Kopf. Ich werde in der nächsten Zeit allein hinrudern.

Es gibt eine Gaststätte im Dorf, in der die Menschen abends Wein trinken und Karten spielen. Eine Zielscheibe hängt an der Wand, auf die schießen alte Männer mit Dartpfeilen. Manchmal sitze ich am Abend dort, trinke Wein und schreibe.
Als schon fast alle Gäste gegangen waren, kam die Kellnerin an meinen Tisch und fragte, was ich da schriebe. »Ist das beruflich?« erkundigte sie sich.
Ich führte das Glas zum Mund und übergoss mich halb mit dem Bier.
»Ein Roman?« fragte sie. Ich schüttelte vage den Kopf. Da wurde sie zutraulich und erzählte, dass sie selbst viel lese. »Keine Damenromane«, sagte sie, »Literatur.« Dafür mochte ich sie. Sie heißt Lucille. Als sie von meinem Tisch zur Küche ging, musste ich schmunzeln. Es ist gut, dass ich jetzt hier bin, in dem halbverlassenen Fischerdorf, gegen dessen Ufer das Meer anrennt, Tage und Nächte hindurch.
»Viel Erfolg«, sagte die Kellnerin später. Dann machte sie sich daran, die Stühle auf die Tische zu stellen.

Als ich ein kleines Kind war, liebte ich die Apfelplantage, die weiten Felder und den Geruch nach Erde, wenn es geregnet hatte. Ich liebte meine Oma, die am Stock durch die Wohnung humpelte und sich am Ende ihres Lebens mit der jeweils freien Hand an Tischen und Regalen abstützte oder an der alten Grammophonkommode, die im Flur, der vom Wohnzimmer zur Eingangstür führte, an der Wand stand. Sie war schon alt. Und manchmal erzählte sie davon, wie sie selbst jung gewesen war.

Ein geräumiges Haus. Der Vater ist ein großer Mann mit feinem Gesicht, der auch am Schreibtisch noch einen Schal um den Hals trägt. Er hustet oft. Kommt seine Tochter in sein Arbeitszimmer, hebt er sie mitunter auf seinen Schoß und zeigt ihr den goldenen Brieföffner, der auf der Tischplatte liegt, oder den Globus, den sie drehen und wenden darf, bis die Welt auf dem Kopf steht. »Das ist Afrika«, sagt der Vater, als sie mit der Hand auf einen Flecken in der Nähe des Äquators zeigt. »Da wohnen die Löwen und Giraffen, und schwarze Männer schlagen in den Nächten die Trommeln.«

Auf dem Schreibtisch stand ein gerahmtes Bild des Reichskanzlers Bismarck und eine Bronzebüste des Dichterfürsten Goethe. »Wer ist denn das?« erkundigte sich das Mädchen. – »Das ist der große deutsche Dichter«, sprach ihr Papa. »Wenn du erwachsen bist, wirst du seine Werke lesen und Freude und Gewinn daraus ziehen.« Und das Mädchen betastete staunend die kalte rauhe Oberfläche des Bronzekopfes.

Es gab auch eine Gouvernante im Haus, Lotte mit Namen, die auf das Mädchen und ihre jüngeren Geschwister achtgab, wenn sie im Garten vor dem Haus spielten oder wenn sie am Nachmittag Schulaufgaben lösen sollten. Wenn der Vater traurig war oder ernste Dinge mit Mama beraten wollte, sprachen die beiden französisch miteinander: Das konnten die Kinder nicht verstehen, und auch Lotte gab zu, dass sie der Unterhaltung nicht ganz folgen konnte. »Französisch ist die Sprache der klugen Leute«, sagte sie nach dem Essen einmal zu meiner Kindsoma. »Hast du gehört, wie schön das klingt, wenn die beiden miteinander sprechen? Es klingt wie Musik.«

Im Bücherschrank stand ein Band: ›Der französische Feldzug

1870/71‹, in den durfte das Mädchen mitunter hineinschauen, und der Vater zeigte auf die Landkarten und erklärte ihr, dass die Pfeile Bewegungen der deutschen Truppen versinnbildlichten. Im Salon stand unter den gerahmten Portraits der vier Kinder ein schwarzer Flügel. Papa konnte nur ein paar Akkorde klimpern, die Mutter aber spielte ganze Abende hindurch. Schlief das Mädchen ein, begleiteten die Melodien sie mitunter bis in ihre Träume.

Als der Vater starb, war es Frühjahr. Die Vögel sangen in der Linde vor dem Haus. Der noch immer junge Mann lag im Bett, ganz bleich, und die Mutter saß neben ihm und hielt seine Hand. Die Gouvernante führte die vier Kinder herein, den jüngsten von ihnen, Klaus, hielt meine kleine Oma auf dem Arm und strich ihm übers Haar, wenn er zu schreien begann. Aus großen Augen, halb staunend, halb furchtsam, blickten die Kinder in das Gesicht des Sterbenden: Schweiß stand auf seiner Stirn, er hustete, seine Haut war weiß wie die Tapete hinter dem großen hölzernen Ehebett. Die Gouvernante weinte lautlos und meine Kindsoma beobachtete, wie die Tränen ihr aus den Augen rannen und sich immer an derselben Stelle, ihrer Nasenspitze, sammelten. Dort schwoll der Tropfen an, wurde schwerer und schwerer und fiel endlich herab: auf ihre Bluse oder auf den Fußboden. Ihre Hände lagen auf den Schultern der Kinder, das Mädchen konnte spüren, wenn sich ihre Finger verkrampften, das tat ihm weh.

Als das Mädchen eine junge Frau war, wurde sie Krankenschwester. Ein Mann lag in einem der Krankenbetten, der war Architekt und hatte sich ein Bein gebrochen: Mein Opa. Er mochte die Krankenschwester sehr, und weil er sie anlächelte und weil ihr Herz so heftig rumorte, wenn sie ihm den Puls fühlte, und weil er so sanft sprechen konnte und die Augen niederschlug, wenn sie einmal ganz ohne Grund und hastig durch die Tür in sein Zimmer huschte – deshalb wusste meine Oma, dass er ihr Mann werden würde. Ob er es auch schon ahnte? – »Frauen wissen manchmal mehr als ihr Männer, Andi«, sagte Oma und zwinkerte mir zu.

Ich war ganz eingehüllt in ihre Geschichten, und einmal bat ich Oma sogar, mir ihr Leben aufzuschreiben, so dass ich es besitzen würde. Was für einen Sinn macht es schließlich, lesen zu lernen, wenn es so gar nichts gibt, was man gerne lesen möchte? – »Ach Andi«, sagte meine Oma und lachte.

Das junge Paar unternahm oft Wanderungen, meine späteren Großeltern liebten die Wälder, die an die Stadt grenzten. Der Mann wusste noch immer nicht genau, dass die Krankenschwester seine Frau werden würde, aber er hoffte es. Sein Bein war wieder ganz gesund, und doch humpelte er manchmal, wenn sie nebeneinander gingen, und verzog wie vor Schmerz das Gesicht. Dann musste die Frau seine Hand nehmen und ihn führen, hier im Wald sah es ja keiner. Und von Mal zu Mal zog er sie dichter an sich heran; und einmal, als es heftig regnete und sie aneinander gedrängt unter seinem Schirmchen standen, küssten sie sich, einfach so. Der Regen klatschte seinen Beifall dazu. Am nächsten Wochenende besuchte der Mann die Mutter seiner künftigen Braut und hielt um ihre Hand an.

Die Mutter lebte wie früher in dem großen Haus mit dem Garten, nur gab es keine Gouvernante mehr. Zwei Kinder lebten noch in ihren Zimmern, die anderen Räume lagen leer und stumm, selbst der Flügel war verkauft worden. Das Haar der Mutter hatte graue Strähnen bekommen, seitdem meine Oma ins Schwesternheim übersiedelt war.

Man saß am großen Esstisch und aß Kuchen. Mein Großvater Alfred war sehr verlegen, er tupfte sich mit einem Tuch den Mund und drehte die Gabel in den Händen, wenn er sprach.

Omas jüngere Schwester Berta lachte frech und raunte Klaus, der kein kleiner Junge mehr war, es aber doch noch immer genoss, in größerer Runde das Nesthäkchen zu sein, heimlich etwas ins Ohr. Die junge Frau, längst noch nicht meine Großmutter, schüttelte nur den Kopf und warf Berta ihre zusammengeknüllte Serviette an den Kopf. Da lachte Kläuschen nur noch mehr.

Am Abend brachten die Mutter und die junge Krankenschwester den Architekten noch zur Tür. Die Mutter gab ihm die Hand und nickte mit dem Kopf. Dabei standen ihr Tränen in den Augen. Die Krankenschwester aber umarmte ihren Alfred, weil sie so verliebt in ihn war. Da bekam er einen ganz roten Kopf und stammelte unverständlich Worte.

Der Beruf des Mannes führte das junge Ehepaar in die Hauptstadt des Landes, dort fuhren Autos noch in der Nacht über die Straßen und die Lichter über den Kneipen und Kinos leuchteten in allen Farben. Die junge Frau tanzte gern, mein Opa aber war ungeschickt und trat ihr oft auf die Füße. Er bewunderte meine Oma, weil sie so tatkräftig und unerschrocken war. Weil sie ihn so lieb hatte, schaute sie sich abends mit ihm zusammen Bücher an oder sie strickte Handschuhe für den Winter, während er ihr erzählte, was er den Tag über in seinem Amt erlebt hatte. Einmal brachte mein Großvater ein Radiophon mit nach Hause, dann saßen die beiden bis in die Nacht hinein an dem großen Kasten, hielten sich an den Händen und drehten den großen Knopf auf der Suche nach Sendern. »Wie ist das nur möglich?« fragte meine Oma voll Bewunderung. Das Radio erhielt einen Ehrenplatz auf der Kommode im Wohnzimmer. Der Mann wiegte den Kopf und sagte: »Es ist wie ein Wunder. Der Beginn einer neuen Zeit.«

IV

Ich hatte zwei Fische gefangen am Nachmittag. Den größeren brachte ich dem alten Boulespieler Pierre. Er war trotz des schönen Wetters zu Hause und öffnete, in einiger Aufregung, wie es mir schien, die Tür. »Ach Sie sind es«, sagte er. »Und ich dachte schon, sie wär noch mal zurückgekommen.« Er gab mir die Tür frei und bat mich, doch hereinzukommen. – »Was ist passiert?« fragte ich. – »Gute Neuigkeiten«, sagte Pierre. Und er erzählte mir von einem Anruf, den Isabelle am Vortag erhalten habe: Ein Freund habe ihr Arbeit in seiner Firma angeboten; sie sei noch am selben Abend nach Paris gefahren.
»Wird sie wiederkommen?«, fragte ich. – »Sie hat noch ein paar Sachen hier im Haus«, antwortete er.
Zwei Tage später freilich, heute Nachmittag, klopfte sie an meine Tür und lud mich zu einer Spazierfahrt ein. »Sie sitzen zu viel in Ihrem Haus«, sagte sie. »Dabei haben Sie doch vieles in der Umgegend noch gar nicht gesehen.«
Ich stieg in ihr Auto ein. Sie ließ den Motor heulen und lachte. Die Fenster waren heruntergekurbelt, der Fahrtwind bauschte unsere Kleider und wirbelte unsere Haare durcheinander. Wir fuhren an der Küste entlang, die rauh und felsig ist, selbst die schmale Straße ist zerklüftet und voller Schlaglöcher.
»Was wollen Sie sehen?« fragte die Frau. »Die Grotte? Das Kloster? Oder das kleine Schlösschen, von dem aus man die Küste überblicken kann?« – »Nicht die Grotte«, sagte ich. – »Geht es Ihnen nicht gut heut?« fragte sie. – »Ich hab schlecht geschlafen letzte Nacht«, entgegnete ich. Eine Zeit lang fuhren

wir schweigend. Ich hätte sie fragen sollen, was sie erlebt hatte, konnte mich aber nicht überwinden. Vielleicht fürchtete ich den Klang der eigenen Stimme, der das Geräusch unserer Fahrt für einen Moment übertönt hätte.
»Ich weiß nicht, ob ich es machen soll«, sagte sie nach einer Weile. – »Was?« fragte ich. – »Seit ich hier bin, habe ich das Gefühl, dass die Dinge, die geschehen, notwendig sind. Sie kennen Onkel Pierre: Ich glaube, er braucht mich. Obwohl er das nie sagen würde. Hat er Ihnen erzählt von meiner Reise nach Paris?« – »Er sagte, Sie hätten wieder Arbeit«, murmelte ich. – »Und was denken Sie? Glauben Sie, man kann in seinem Leben von vorn anfangen?«

Wir standen auf einer Klippe, hinter uns eine Gartenanlage und das Schlösschen, vor uns in der Tiefe ein schmaler Küstenstreifen und das Meer. Isabelle fragte mich, ob mir ihre Frisur gefalle. »In Paris sind die besten Friseure der Welt, richtige Künstler.« Sie fuhr sich mit der Hand durch ihre kurzen blond gefärbten Haare und hielt mit zwei Fingern eine Strähne in die Höhe. »Schauen Sie nur.« Der Himmel hatte sich aufgeklart und ließ jetzt mitunter sogar einen Streifen Sonnenlicht über das Land gleiten. Es war windig und warm.
»Ich hatte mal eine Affäre mit Jean. Einige Jahre ist das her. Er kann es einfach nicht begreifen, dass es vorbei ist. Jean ist der Chef der Firma.« – »Und er hat Ihnen jetzt eine Stelle angeboten?« – »In der Buchhaltung«, sagte sie. »Nicht gerade meine Traumarbeit, aber gut bezahlt.« – »Er will Sie zurückhaben?« erkundigte ich mich. – Sie drehte sich halb kokett, halb verlegen im Kreis und sah mich von unten her an. »Ich will ihn aber nicht. Nicht mehr.« Sie lächelte schüchtern.

»Nächstes Jahr oder übernächstes möchte ich Mutter sein.«
– »Und der Vater?« – Sie rollte mit den Augen. »Vielleicht kenne ich ihn noch gar nicht.«
Am Horizont war ein Dampfer zu sehen, als eine trübe Silhouette, blau wie das Meer. »Wie soll er denn sein?« wollte ich wissen. – »Der Vater?« fragte sie. »Darüber hab ich noch gar nicht nachgedacht.« Sie zwinkerte mir zu. »Vielleicht ein bisschen wie Sie? Am liebsten wäre es mir, wenn die Kinder hier, an der Küste aufwachsen würden. Als ich selbst noch ein Kind war, lagerte am Strand eine Gruppe von Zigeunern. Am Morgen waren sie da, einfach so, mit ihren alten Autos und den Wohnwagen, in denen sie lebten. An den Abenden machten sie sich ein großes Lagerfeuer auf dem Küstenstreifen, ein Feuer, das man sicher auch von weit draußen hätte sehen können …« Sie hob den Arm und zeigte auf den blauen Dampfer. »Die Männer spielten Karten, die Frauen schnitten Brot oder rührten in einem großen Kessel, der über dem Feuer hing. Oder sie saßen einfach nur in kleinen Grüppchen auf Holzschemeln oder auf Teppichen, die sie ausgelegt hatten, und plauderten. Die Dorfbewohner mochten die Zigeuner nicht, aber ich war ein kleines Mädchen und befreundete mich mit einem hübschen Zigeunerkind mit runden schwarzen Augen. Sie war meine beste Freundin. Und weil sie mich dazu einlud, schlich ich mich manchmal abends an den Strand und saß neben ihr und blickte aufs Meer. Ihr Vater spielte Gitarre und mehrere Männer sangen dazu und einer schlug die Trommel: Das war die schönste Musik. Und eine alte Frau gab es, die war fett wie ein Fass, trug wallende bunte Gewänder und hatte ihr graues Haar zu einem langen Zopf geflochten. Sie hatte die Augenlider dunkel geschminkt und ganz rote Lippen. Das war die Wahrsagerin. Als sie meine Hand nahm und sie in ihre eigene Hand legte und meine Finger spreizte und gegen das flackern-

de Licht hielt, bekam ich Angst. Vielleicht stimmte es doch, was meine Leute sagten, dass die Zigeuner fremde Kinder entführten, sie ausraubten und am Spieß brieten? Die Fingernägel der Frau waren schwarz lackiert, doch war ihre Stimme ganz warm und weich und ihr Lächeln hatte Ähnlichkeit mit dem Lächeln der Jungfrau in der Kapelle. ›Hast du Geld?‹ raunte mir meine Freundin ins Ohr. ›Normalerweise schaut sie einem Fremden überhaupt nur dann in die Handfläche, wenn er ihr einen ganzen Wochenlohn gegeben hat.‹ – Ich wusste nicht, was ein Wochenlohn ist, und begann zu schwitzen: In meinen Hosentaschen waren nur ein paar Murmeln. Die dicke Frau studierte meine Handfläche und summte zu dem Lied, das die Männer spielten, eine zweite Melodie …«
Sie machte eine Pause. Der Dampfer hatte sich ein Stück vorangearbeitet, war kleiner geworden und würde bald nicht mehr zu sehen sein. Wenn die Erde doch eine Scheibe ist, dachte ich, wird er bald über den Rand in den Abgrund stürzen.
»Ich habe über dieses Wort nachgedacht«, sagte sie nach einer Weile. »Dieses Wort: Heimat. Und darüber, was Sie aus Ihrer Kindheit erzählt haben. Ich weiß nicht mehr viel davon, was mir die dicke Frau an diesem Abend sagte. Aber sie sprach von meinen Kindern, daran erinnere ich mich genau. Wenn Sie recht hatte, bedeutet das, dass ich eine Heimat habe.« Ihr Blick verlor sich und sie fuhr sich mit der Hand durch die Haare. – »Ich weiß, was Sie meinen«, sagte ich.
»Als sie mir alles vorgelesen hatte, was in meiner Hand stand, streichelte sie mir flüchtig die Wange. Ich holte eine Murmel aus meiner Hosentasche, meine Lieblingsmurmel, mit der ich jedes Spiel gewinnen konnte und hielt sie ihr hin. Sie lachte aber nur darüber, strich mir noch einmal mit der Hand über die Wange und sagte: ›Wir sind doch Freunde.‹ Daran kann ich mich gut erinnern.«

Ein Mann lief Isabelle hinterdrein. Sie zischte ein paar Worte und wechselte die Straßenseite. Da begann er zu gestikulieren und zu brüllen, dass man es im ganzen Dorf hören konnte. Ich öffnete das Fenster zur Straße und sah hinaus. Der Mann war etwa in meinem Alter, trug ein feines Jackett, sein weißes Hemd aber flatterte über der Hose, seine Haare waren zerzaust. Es war Abend, aber noch immer warm. Ich verstand kaum etwas von dem, was er rief, seine Stimme überschlug sich, nur ein paar Flüche konnte ich erraten. Isabelle erkannte mich, zuckte mit den Schultern und lachte mir sogar kurz zu. Der Mann war so zornig, dass er an mein Fenster sprang und nun mich zu beschimpfen begann. – »Ich kann Sie nicht verstehen,« sagte ich auf Englisch. Da wurde er noch wütender und wollte mich beim Kragen packen. Isabelle sprang über die Straße und zerrte an seinem Jackett. »Jean!« rief sie immer wieder. »Jean!« – Er fuhr herum und schlug ihr ins Gesicht, beschimpfte sie als Hure. Ich stürzte aus dem Haus und hielt ihn zurück. Da ging er auf mich los, wir wälzten uns auf dem Boden. Zwei Männer, die ich abends einmal in der Dorfkneipe beim Dartspiel beobachtet hatte, brachten uns auseinander. Isabelle kreischte und trommelte mit den Fäusten auf den Kerl ein. Ich packte sie und zerrte sie ein paar Schritte zur Seite. Die beiden Männer umklammerten seine Arme. Er tobte wie ein Irrer, sein Kopf war rot, die Augen quollen aus den Höhlen, er schnaubte wie ein Stier. Sie waren stark. Nach einer Weile zogen sie ihn fort, er musste sich fügen. Isabelle redete hastig auf mich ein, sie hatte im Moment ganz vergessen, dass ich sie nicht verstand. Ich nahm sie in den Arm und fuhr ihr mit der Hand durchs Haar: »Schöne Frisur«, sagte ich auf Englisch. Da kam sie wieder zu sich. »In Paris sind die besten Friseure«, entgegnete sie. Ich musste schmunzeln. »Es ist ja gar nichts passiert«, versicherte ich. »Er hat mir nicht wehgetan.«

Wir saßen in meiner Küche am Tisch. Tee dampfte. »Meine Arbeit hab ich jedenfalls verloren«, stellte sie fest und kicherte. Und mit einem Schmollmund fügte sie noch hinzu: »Der Idiot.«

Sonst ist es aber ganz still in meinem Dorf am Meer. Alte Männer spielen Boule, jetzt kenne ich sie schon alle mit Namen und sie nicken mir zu, wenn ich an ihnen vorübergehe. Heute Mittag spielte ich einmal mit ihnen, sie umringten mich wie ein Zirkuspferd und klatschten und gaben mir gute Ratschläge, wie man die Kugel in der Hand halten soll, damit man besser zielen kann. »Sie haben Talent«, beteuerte mir ein alter Mann mit Seemannskappe auf dem Kopf, der mit seiner gegerbten Haut und dem Stoppelbart verwegen aussah. Eine alte Frau ging vorbei, sie grinste verschmitzt, schüttelte den Kopf und schwenkte den erhobenen Zeigefinger in der Luft. Da mussten wir alle lachen.
Nach einer Weile bedankte ich mich bei den Männern, schüttelte ein paar Hände und verabschiedete mich. Ich ging zum Strand hinunter, beobachtete das Meer und sammelte Muscheln. Ich besitze bereits eine ganze Sammlung, so dass mich Pierre vor ein paar Tagen fragte, ob ich den ganzen Strand in meine Wohnung tragen wolle. Das fragte er in seinem holprigen Englisch, auf das er so stolz ist. In Gesprächen mit mir malt er mit seinen Händen Figuren in die Luft, verzieht das Gesicht, wenn er Worte nicht richtig aussprechen kann, und freut sich selbst am meisten über seine Kaspereien. Ich musste lachen. »Ich hoffe, dass der Strand noch ein paar Wochen überstehen wird,« sagte ich.
Als ich am Abend in meine Kneipe ging und mein Schreibheft aus der Tasche zog, kam ein Dorfbewohner an meinen Tisch und klopfte mir auf die Schulter. »Très bien«, sagte er mehr-

mals und rief der Kellnerin etwas zu. Ich erkannte ihn als einen der Männer, die am Vormittag Isabelles Verehrer gebändigt hatten. Die Kellnerin brachte Bier und stellte es auf meinen Tisch. »Kommen Sie voran?« fragte sie und zeigte auf das vor mir liegende Heft.
Jetzt schreibe ich. Nur vor den Nächten in meinem Haus fürchte ich mich noch.

Es war die Zeit, in der der Massenmord Gesetz wurde. Und doch glaube ich, dass meine Oma die glücklichsten Jahre ihres Lebens verbrachte. Noch bevor die Gaskammern in Betrieb genommen wurden, wurde sie zum ersten Mal schwanger. Doch ihre Aufzeichnungen, die sie, auf mein wiederholtes Drängen hin, wenige Jahre vor ihrem Tod tatsächlich zu schreiben begann, brechen etwa in der Zeit ab, als mein Opa erstmals ein Radio nach Hause brachte. Dem zufolge, was meine Mutter mir später erzählt hat, war mein Großvater Alfred ein stiller Gegner der neuen Herrschaft: »Wann findet sich denn endlich einer, der diesen Hitler umbringt?« soll er meine Oma in den Kriegsjahren gefragt haben. Genaueres hierüber hat sie dem Kind, das ich war, nicht erzählt, und ich zweifle daran, dass sie in den Jahren, die die Schnittfläche unserer Lebensläufe bedeuteten, überhaupt noch darüber sprach. Mit wem hätte sie auch reden können? Mit ihren Kindern, die nur vage Erinnerungsschmerzen bewahrten an die Zeit der Flucht, an den Krieg und selbst an ihren Vater? Die Zeit dieser Gespräche war vorüber, die Frau war alt geworden, während die Generation der Kinder sich von ihr entfernt und einen eigenen, das eigene Leben stützenden Standpunkt zur gemeinsamen Vergangenheit eingenommen hatte. Frau Beck war tot und mit ihr war auch das Bild ihres Mannes aus dem Hochhaus verschwunden: Hans. Jetzt war es schon vergessen, nur mich, ein Kind, hatte

der ehemalige Soldat etliche Jahrzehnte nach seinem Tod noch einmal verängstigen können; schließlich war er für immer von der Wand genommen worden. Vielleicht kauert er bis heute in düsteren Winkeln und Ecken des Hauses, doch bleibt er unerkannt wie dünne Spinnweben oder wie die Begebenheiten einer Kindheit, die verblasst sind.
Vor dem Städtchen meiner jungen Jahre gab es ein Waldstück. Von der Autostraße zweigte ein kleiner Weg ab, an dem sich ein Hinweisschild befand: ›Russischer Soldatenfriedhof 400 Meter.‹ Ich habe diesen Platz bis heute nicht besucht. Damals war ich ein Kind und konnte kaum lesen.

Ich glaube, dass meine Oma treibende Kraft in ihrer jungen Familie war. Zwar war sie keine Krankenschwester mehr, sondern Ehefrau und Mutter, doch verstand sie jetzt schon einiges von Architektur und Bauwesen, so dass ihr Mann keine wichtige Entscheidung mehr fällen musste, ohne dass sie ihren Segen dazu gegeben hätte. Sie machte sich auf die Suche nach einer neuen Wohnung und sie schrieb an ihre Mutter Briefe, in denen sie vom Theater schwärmte, von den neuesten Kinofilmen mit Lilian Harvey oder Heinz Rühmann und vom Kurfürstendamm, an dem das Gedränge zwischen Läden und Kaufhallen vor Feiertagen manchmal so dicht sei, dass man in zehn Minuten nicht weiter als einige Meter vorankomme. Das mochte sie. Der Architekt vertiefte sich abends in Bücher über Vogelkunde und wusste nun, da er in der Stadt lebte, die Namen all jener Singvögel aufzuzählen, die er, als er noch auf dem Land gelebt hatte, kaum beachtet hatte. Er war ein stiller Mann. Wenn seine Frau mit dem Kind auf dem Arm durch die Wohnung tanzte und laut sang und lachte und die Hüften schwang, blickte er von seinem Buch auf und schüttelte nur den Kopf. Aber er lächelte doch. Und wenn die Frau sich endlich erschöpft mit dem schlafenden Kind aufs Sofa fallen ließ, schlich er leise zu den beiden herüber und küsste die Frau ein wenig schüchtern auf die Wange.

Die Frau besichtigte eine schöne und geräumige Wohnung, die zentraler gelegen war als ihre bisherige und hohe Fenster hatte und sogar einen Balkon. Sie war im Dachgeschoss gelegen. »Schauen Sie nur«, sagte der Hauswart und beugte sich aus dem Fenster. »Von hier aus kann man fast alle Türme der Stadt sehen. Kommen Sie nur.« Er war ein kleiner stämmiger Mann im Handwerkerkittel. »Die Wohnung ist prächtig«, sagte er. »Genau das Richtige für eine junge deutsche Familie.« – »Sie sagten, wir könnten sofort einziehen?« sagte die Frau und sah sich in der Wohnung um. Auf dem Boden lag ein Perserteppich, an einer Wand zur Küche hin stand eine Schirmlampe, im Nebenzimmer zwei Ohrensessel und ein Sofa. Ein neues Grammophon und ein Radiogerät. Durch die gläserne Tür des Küchenschranks waren sogar noch Teller und Tassen zu sehen.

»Wollen Sie, dass wir das Zeug versteigern, oder werden Sie die Möbel selbst übernehmen?« fragte der Hauswart. »Familie Rosenthal ist ganz unvermittelt fortgezogen.«

»Wollen wir nicht doch lieber wieder in die Provinz ziehen?« fragte die Frau am Abend ihren Mann. – Er schüttelte nachdenklich den Kopf. »Du weißt doch, dass ich nie wieder eine solche Stelle finden würde.«

Am nächsten Tag ging die junge Mutter in ein Möbelgeschäft und kaufte eine neue Kommode. »Es ist auch in unserer jetzigen Wohnung sehr schön«, sagte sie zu ihrem Mann. »Wir können doch auch noch eine Weile hier wohnen bleiben.«

Manchmal hatte sie auch Angst, so stelle ich mir vor. Dann wiegte sie das Kind auf dem Arm und sang ihm ein Lied oder eine der vielen Melodien, die ihre eigene Mutter früher auf dem Klavier gespielt hatte. Das Kind hieß Paul und war nach dem Vater des Architekten benannt worden. »Was dich wohl alles noch erwarten wird im Leben?« fragte die junge Mutter, worauf der Säugling sie aus großen runden Augen ansah. Manchmal, wenn er in ihren Armen schlief, die Kohle im Ofen knisterte und die ganze Wohnung so warm und behaglich war, wünschte sich die Frau beinah, diese Zeit möge nie vorübergehen.

»Du musst immer gut auf dich aufpassen«, sagte sie zu ihrem Mann, als er am Abend nach Hause kam. »Ich mag dich doch so gern.« Und vielleicht traten ihm in einem solchen Moment Tränen in die Augen, weil sie seine Frau war und weil er jetzt der Vater einer Familie war. Berlin war die Hauptstadt des Reiches, und das Reich war größer als je zuvor. Die Zeitungen schrieben viel vom »neuen Aufbruch«, immer häufiger auch von der Neuorganisation der Gesellschaft, vom Zusammenstehen des Volkes und von der »Reinheit des Blutes«, die erhalten werden müsse. Von Mädchen- und Jungenbünden war die Rede, der HJ, von der Auflösung der bisherigen Gewerkschaften. Ging man tagsüber durch die Straßen, so begegnete man Geschäftsmännern mit gestärkten Hemdkragen und Hüten auf dem Kopf und Frauen, die in Körben ihre Einkäufe nach Haus trugen. Es gab Musiker mit Geigenkästen, denen die Frau mitunter nachblickte, bedächtig Flanierende, Zeitungsverkäufer, die die neuesten Nachrichten ausriefen. Manche Menschen trugen gelbe Sterne auf ihren Kleidern, die blickten zu Boden oder wichen einem aus, wenn man ihnen entgegen ging. Manchmal rief einer einem Gekennzeichneten etwas hinterdrein oder er zischte nur mit zusammengebissenen Zähnen. Die Stadt war so groß: Außerhalb des eigenen Hausflurs und der Restaurants, die sie mit ihrem Mann besuchte, war die

Frau auch nach Monaten noch keinem Gesicht zum zweiten Mal begegnet.

Die junge Frau hielt ihr Kind im Arm. Über die Litfass-Säulen der großen Stadt, an die bisher nur städtische Bekanntmachungen und Werbetexte angeschlagen worden waren, verbreiteten sich zunehmend auch Plakate wie: »Die Verräter des Volkes.« Oder: »Deutsche! Kauft nicht bei Juden!« – »Bewahrt die Ehre des Volkes!«

Am Abend erwartete die junge Mutter ungeduldig ihren Mann. Sie hatte bei einem Tischler eine Krippe in Auftrag gegeben und nähte Kinderkleidchen und für ihren Mann Handschuhe. Wenn er sich müde auf seinen Stuhl setzte, dampfte auf dem Tisch bereits das Essen, so dass die ganze Wohnung danach roch. Schlief das Kind schon, so nahm die Frau den Mann bei der Hand: Auf Zehenspitzen schlichen sie ins Kinderzimmer. Behutsam schlug die Frau den Vorhang zurück und gewährte dem stolzen Vater einen Blick auf seinen kleinen Sohn. Noch fester hielt er da ihre Hand. Nur wenn das Kind erwachte, wurde der Architekt manchmal verlegen: Er wiegte es im Arm, ging mit ihm auf und ab und hielt ihm die Flasche so ungeschickt an den Mund, dass der Kleine zu husten und krakeelen begann. Die Frau lachte, drückte meinem Großvater Alfred einen Kuss auf die Backe und nahm ihm den Säugling aus der Hand.

Eines Morgens führte sie die Hand des Architekten an ihren Bauch. »Hast du Schmerzen?« fragte er. – Sie schüttelte den Kopf. Erst langsam bildete sich ein Lächeln auf seinem Gesicht. »Ich liebe dich«, sagte er.

Sie nahmen einander in die Arme.

»So ein Schwein. Er hat angerufen und mich beschimpft und beleidigt. Er hat mich sogar verflucht. Hat mir Unglück gewünscht. Aber ich nehme ihn gar nicht ernst. Nur wenige Menschen können fluchen. So wie nur wenige Menschen beten können. Haben Sie das schon mal bemerkt?« – »Ich hab nicht viel darüber nachgedacht.« – »Ja ja«, sagte sie. »Glauben Sie mir nur. Und manche Menschen gibt es, die können beten und wissen es gar nicht.« Sie lächelte mich an.

»Hören Sie das Rauschen?« fragte sie. »Das Meer übertönt alles.« – »Er muss ja sehr verliebt in Sie sein«, sagte ich. – »Krank ist er vor Eifersucht, das ist alles!« rief sie aus. »Dabei hat er gar kein Recht dazu!« Sie scharrte mit ihrem Fuß im Sand. »Aber ich mach mir keine Gedanken mehr darüber. Ich wollte ja ohnehin hierbleiben. Wie lange werden Sie noch im Dorf sein?« – Ich zuckte mit den Schultern.

Ich hatte noch eine andere interessante Begegnung. Ich ging den Küstenstreifen entlang in Richtung der Hungergrotte. Ein Felsabbruch schiebt sich über den Sandstrand ins Meer hinein, und ich kletterte auf einen Vorsprung und setzte mich auf den von der Sonne gewärmten Stein. Es gibt auch Kinder hier. Vielleicht sind sie nur im Urlaub im Dorf mit ihren Eltern, ich weiß es nicht. Sie sprangen von einem etwas tiefer gelegenen Felsen in die Brandung, was gefährlich aussah: Zu beiden Seiten der Stelle, an der die Schwimmer ins Meer eintauchten, überragten Gesteinsbrocken die Oberfläche des Wassers. Ein kleiner Junge stand etwas abseits und beobachtete die anderen Kinder, mit hochgezogenen Schultern, gesenktem Kopf, als würde er frieren. Sie beachteten ihn aber gar nicht, sondern feuerten sich mit mir unverständlichen Rufen gegenseitig an und vollführten ihre waghalsigen Sprünge, stießen sich mit gespannter Kraft vom Fels ab, tauchten exakt zwischen den Klippen ins Wasser ein, verschwanden, blieben verborgen, während das Meer über sie hinwegrollte und in einem Dunst von Gischt gegen die Felsküste schlug. Es dauerte eine Wei-

le, bis mir auffiel, dass nicht nur der Punkt des Eintauchens markiert war, sondern dass auch die Stelle, an der die Jungenköpfe dann wieder den Wasserspiegel durchstießen – gerötet, mit vortretenden Augen, den Mund weit und gierig geöffnet – festgelegt zu sein schien. Womöglich tauchten sie unter einer Lücke zwischen Felsbrocken hindurch, durchquerten eine Art Tunnel, der sich in die Länge zog und erst nach etlichen Metern wieder einen Spalt in die Höhe freigab. Jetzt war Flut. Ich beschloss, noch einmal bei Ebbe wiederzukommen.
Ich machte kehrt und spazierte durchs Dorf. Als ich nach Stunden wieder zu meinem Aussichtsplatz zurückkehrte, war nur der kleine Außenseiter noch an seinem Ort, er war hinabgeklettert und inspizierte die Steinlandschaft, die nun, bei Ebbe, vom Meer freigegeben worden war. Ich kam näher und fragte: »Bist du gesprungen?« – Er sah mich verwundert an. Ich hatte für den Moment vergessen, wo ich mich befand. Erst als er mir auf deutsch antwortete, erschrak ich. »Nein«, sagte er leise und senkte den Blick. Ich wollte ihn noch weiter befragen, da wich er zurück, sprang plötzlich auf einen Vorsprung und floh.

In meinem Traum habe ich die Schleusen geöffnet. Ich stand etwas erhöht und sah das Wasser in Stößen anschwellen und die Straße überfluten. Eine alte Frau – war es Frau Beck?, meine Oma? – hob zum Gruß die Hand und wurde doch bereits von einer Welle erfasst, verlor den Halt, ihre Füße wurden unter ihr nach vorn gerissen, sie fiel, in diesem Moment schien ihre Hand nach etwas zu greifen, ich sah sie im Wasser versinken. »Warum hast du das getan?« flüsterte Leonora mir zu, ich wusste es nicht mehr. Eine Gruppe junger Soldaten durchstöberte mein Haus, die Gewehre geschultert, sie trugen einen Holzverschlag mit sich herum. Ich bin nicht zu fassen.

Niemals. Schon seit langem suchen sie mich, ich werde das Geheimnis mit ins Grab nehmen.

Es war das erste Mal seit Tagen, dass ich wieder mit Pierre zusammentraf. Ich saß an einem Ecktisch in meiner Kneipe, das aufgeschlagene Schreibheft vor mir, es war schon spät. Er ging direkt zum Tresen und begann mit dem Mann hinterm Ausschank ein Gespräch, lebhaft gings her, plötzlich hob der Kellner ein Glas Wasser in die Höhe, holte aus, goss in einem Schwall dem Alten das Wasser ins Gesicht, dass es nur so spritzte. Seine Haare, sein Pullover trieften, eine kleine Pfütze bildete sich um seine Füße: Der Alte sah einen Moment wie eingefroren aus, mit großen glasigen Augen, die sich nicht rührten, den Mund geöffnet, fassungslos. Ein paar Umstehende kicherten, da geriet der Alte in Wut und schlug mit flacher Hand so stark auf den Tisch, dass die Gläser hüpften. Er schimpfte wütend, ein jüngerer Mann nahm ihn lachend in den Arm. Später kam die Kellnerin an meinen Tisch, und als ich sie befragte, sagte sie: »Die Leute spielen hier immer wieder ein bisschen verrückt. Pierre hat eine Wette verloren, glaube ich.«

Ich trank mein Bier und versuchte, mich zu konzentrieren. Ich nahm mir vor, mich bei Isabelle nach dem deutschen Jungen zu erkundigen, sobald ich sie das nächste Mal sähe. Da kam Pierre an meinen Tisch, mit klatschnassem Pullover. Jetzt lächelte er schon wieder. »Ist ja nur Wasser«, sagte er. Dann murmelte er, dass jeder junge Kerl im Dorf hinter Isabelle her sei. »Der da ist der schlimmste«, sagte er und zeigte über die Schulter in Richtung der Bierzapfanlage. – »Haben Sie beim Boule verloren?« fragte ich. – »Sicher«, gab er zu. »In Wahrheit will der Kerl aber nur meine Nichte beeindrucken …«

Dabei dauerte es noch fast eine halbe Stunde, bis Isabelle in der Gaststube auftauchte. Sie hatte sonnengerötete Haut, offenbar ist sie lange im Freien gewesen in der letzten Zeit. Der Mann hinterm Tresen rief ihr durch die Gaststube lachend einen Gruß zu und winkte sie zu sich. Er gab ihr ein Glas Wasser in die Hand und zwinkerte ihr vergnügt zu, die beiden wechselten ein paar Worte. Sie durchquerte die Gaststube und setzte sich zu uns. »Keine Angst«, sagte sie, als Pierre auf seinem Stuhl von ihr wegrückte. »Ich bin durstig.« Und sie führte belustigt das Glas zum Mund und trank in großen Schlucken.

Der kleine Außenseiter, den ich kennengelernt habe, wohnt in den Ferien bei einem älteren französischen Ehepaar hier im Dorf, er ist schon zum dritten Mal hier. »Kann er denn Französisch?« fragte ich Isabelle. – »Nur ein paar Worte, glaube ich«, lautete die Antwort. »Ich habe jedenfalls noch nie mit ihm gesprochen.«

Pierre hatte in kurzer Zeit eine Flasche Wein geleert und wirkte betrunken. »Du musst auf dich aufpassen«, sagte er zu seiner Nichte. »Frauen sind immer die Leidtragenden.« So zumindest verstand ich seine Worte. Er legte einen Arm um ihre Schulter und hob die andere Hand wie ein Schullehrer, der etwas erklären will. Dann beugte er sich zu ihr vor und flüsterte ihr ins Ohr. Sie schüttelte den Kopf und schmunzelte. »Aber das Wasser kriegt doch ihr Männer über den Kopf.« Und sie holte mit ihrem Glas aus, so wie der Kellner am Tresen es getan hatte. Pierre zuckte erschrocken zurück. Das Glas war aber schon ausgetrunken.

»Pierre hat mir von Ihrer Frau erzählt«, sagte Isabelle, als wir später nur noch zu zweit am Tisch saßen. »Er kann sich noch gut erinnern. Er sagt, sie hätte ihn danach gefragt, ob auch seine Eltern und Großeltern schon hier an der Küste gelebt hätten und ob er etwas aus dieser Zeit erzählen könne. Ich weiß nicht, warum er sich das gemerkt hat.« – »Ja, warum?« fragte ich und spürte, dass meine Stimme bebte. Als sie noch am Leben war, waren wir fast immer zusammen. Jetzt sah ich Isabelle neben mir mit den blondierten Haaren, ihre Augen funkelten, auch als sie jetzt den Blick senkte. In diesen Momenten sah sie wie eine Unbekannte für mich aus.

Ich habe keine Ahnung, wann der Architekt in den Krieg ziehen musste. Zu dieser Zeit war er jedenfalls schon der Vater von vier Kindern. Ich kann mir auch nicht denken, warum ein Architekt, der doch vorher nichts mit militärischen Dingen zu tun gehabt haben kann, im Krieg Major wurde. Ich weiß nicht einmal, was ein Major ist, noch kann ich mich daran erinnern, dass Oma oder Mama jemals davon erzählt haben. Nur eines weiß ich noch: dass Lorenzo in jener Zeit, als ich noch bei Oma wohnte, einmal eine Pickelhaube aus dem Ersten Weltkrieg zeigte. Er gab mächtig an, setzte sich das Ding auf den Kopf und stolzierte wie ein Gockel durchs Zimmer. Selbst Toni staunte. Und als mich die beiden nach meinem Großvater fragten, behauptete ich, er sei im Krieg Major gewesen. Da wunderten sich die Brüder und stellten sich wahrscheinlich einen Helden vor, mit Pickelhaube und schwerem Gewehr im Arm. Ich habe nicht gelogen damals, so viel steht fest. Doch ob der Architekt wirklich Major gewesen ist, habe ich bis heute nicht erfragt, genauso wenig wie die Bedeutung, die ein solcher Dienstgrad im Verlauf des Krieges hatte. Jedenfalls war er im Krieg. Weiter bin ich nicht vorgedrungen. Die Bücher mit den Tierfotografien, in denen er nach Feierabend gern geschmökert hatte, standen im Schrank und wurden kaum mehr geöffnet. Mitunter erreichte ein Brief von der Front die Mutter seiner Kinder, seine Frau. Und manchmal weinte sie, nachdem sie einen solchen Brief gelesen hatte. Sie drückte das

Papier mit den von ihm geschriebenen Zeilen an ihre Brust und schluchzte.

Ich bin in mein Boot gestiegen, hinausgerudert und habe in weitem Bogen die vorgelagerten Felsblöcke umrundet. Die Klippen sind steil und steigen zu einer Art Hochebene an, die sich fast senkrecht weit über der Hungergrotte erstreckt. Die Jungs vom Nachbardorf müssen über die Ebene dort drüben gekommen sein, die Klippen sind auch für geschickte Kletterer kaum passierbar. Ich lenkte mein Boot in die Nähe der Grotte; obwohl der Seegang nicht stark war, hob eine Welle das Boot und trug es ein Stück nach vorn: Mit dumpfem Schlag prallte es auf einen Felsblock. Das Boot kippte. Ich versuchte, mein Gewicht zu verlagern, die nächste heranrollende Welle überschwappte sanft das Heck des Schiffs und umspülte meine Füße. Ich verlor den sicheren Stand und sprang zur Seite. Dort war das Wasser tief, die Kälte des Meeres durchdrang noch im Moment meine Kleider und zog mich hinab. Ich tauchte auf und wäre beinah vom fallenden Boot getroffen worden. Ausweichend spürte ich plötzlich festen Halt unter den Füßen. Ich packte das Schiff und stieß es gegen den Seegang in Richtung des offenen Meeres. Halb schwimmend, halb mich immer wieder von vorspringenden Kanten abstoßend, brachte ich das Boot in die See hinaus. Dort kletterte ich mühsam über dessen Rand und purzelte rücklings auf die Planken. Ein Ruder war über Bord gegangen; wie ein Indianer paddelte ich abwechselnd links und rechts und kehrte schließlich an meinen Strand zurück.

Ein alter Mann sah mich das Boot schleppen, in triefenden Kleidern, und rief mir lachend etwas zu. Man muss wohl schwimmen, um die Grotte zu erreichen. Ich bezweifle, dass einer der Dorfbewohner die Klippen noch so gut kennt, dass

er ein Ruderboot dort hindurchlenken könnte. Ich werde mich bei Pierre danach erkundigen.
Die Kinder habe ich nicht wiedergesehen. Die Jungs vom Nachbardorf nicht, und auch nicht meinen kleinen Außenseiter. Ob sie sich zum Springen und Tauchen verabredet hatten? Dabei kann der deutsche Junge doch kaum Französisch. Vielleicht haben sie sich zufällig getroffen, wegen des schönen Wetters.
Ich ging nach Hause und zog mich um. In meinem Koffer fand ich eine Badehose. Ich fühlte mich aber zu schwach, um noch einmal in Richtung der Klippen aufzubrechen.

Am Abend setzte sich ein etwa sechzigjähriger Mann an meinen Tisch. Er fragte mich, ob er mich störe, ich schüttelte den Kopf. Es war sehr voll in der Gaststätte. Der Mann hatte fettiges, eng am Kopf liegendes Haar und eine rote Säufernase. Obwohl ich mehrmals hilflose Gesten machte und ein paar deutsche Satzbrocken hervorbrachte, redete er doch ohne Unterlass. Er stellte sich mir sogar vor: »Ich heiße Marcel Rollebon«, sagte er förmlich und verbeugte sich halb.
Ich glaube, er erzählte mir von einer Frau, die er heiraten wolle. Erzählte, wie verliebt er sei und welches Glück er habe. »Was für ein Glück«, grölte er und lachte und schlug sich mit einer rot aufgequollenen Hand auf den Schenkel. »Was für ein Glück!«
Dann wurde er plötzlich still. Er beugte seinen Oberkörper über den Tisch in meine Richtung. »Auch sie hat Glück«, flüsterte er. »Großes Glück …« Ich glaube, er erzählte mir von einem Haus, das er besitze, wie groß es sei, und wieviel Geld er angespart habe im Laufe seines Lebens.
Dann richtete er den Oberkörper wieder auf und legte die geballten Fäuste vor sich auf den Tisch. »Nur ordentlich

muss eine Frau sein«, verkündete er mehrmals apodiktisch. »Ordentlich muss sie sein.« Wie einen auswendig gelernten Sinnspruch deklamierte er: »Eine echte Frau strebt nicht nur nach Ordnung, sie i s t Ordnung« Er stürzte zwei Schnäpse hinunter und trank ein Bier dazu.

Dann stand er auf. »Es ist schön, sich mal wieder zu unterhalten. Man findet selten einen Gesprächspartner hier.« – Ich dachte, solche Sätze würden nur in Großstädten gesprochen.

Nach einiger Zeit kam einer von Pierres Boulepartnern in mein Eckchen und beugte sich über den Tisch. »Der Kerl, mit dem Sie da vorher gesprochen haben ...« raunte er mir zu. – »Monsieur Rollebon?« fragte ich. – »Ja«, sagte er. Und er schüttelte nur noch langsam und vielsagend den Kopf.

Es wohnt auch ein Arzt im Dorf, der früher wohl eine Praxis in einer der umliegenden Kreisstädte hatte. Dr. Grenue ist ein Mann mit wirrem weißem Haar, das ihm um eine braun gebrannte Glatze herum in alle Richtungen vom Kopf steht. Er hat eine große vorstehende Nase, die aber gar nicht hässlich aussieht, und auf dieser Nase ruht eine Brille mit sehr dicken runden Gläsern. Seine Augen erscheinen durch die starke Krümmung der Brillengläser fast so groß wie die Gläser selbst; wahrscheinlich wäre er ohne diese Sehhilfe fast blind. Dr. Grenue ist so etwas wie der Dorfdoktor, obwohl er schon seit Jahren nicht mehr offiziell praktiziert. Dennoch verfügt er wahrscheinlich noch immer über ein paar medizinische Gerätschaften und über eine in langen Berufsjahren erworbene Erfahrung; bei Bedarf behandelt er die Zipperlein und Leiden der alternden Dorfbevölkerung.

Ich weiß nicht mehr, wie ich mit ihm ins Gespräch kam. Ich stand am Tresen und wollte noch ein Bier bestellen. Da wandte er den Kopf nach mir um und fragte: »Sie sind Deutscher, nicht wahr?« Es ist erstaunlich, wie schnell man sich daran ge-

wöhnt, dass man die Sprache seiner Umwelt kaum verstehen kann. Der Mann hatte mich auf Deutsch angesprochen. Statt ihm in dieser Sprache zu antworten, nickte ich. Der Kellner stellte ein Bier vor mir auf den Tresen. »Prost«, sagte der Doktor. – »Santé«, sagte ich und hob das Glas. – »Ich habe lange Zeit kein Deutsch mehr gesprochen«, sagte er. »Entschuldigen Sie bitte, wenn ich Fehler mache. Woher kommen Sie?« Er lächelte mich freundlich an. Es entstand eine Pause. Dann nannte ich den Namen des Städtchens, in dem ich bei meiner Großmutter im Hochhaus gelebt hatte. – »Das kenne ich«, entgegnete er überrascht und nickte dann bedächtig mit dem Kopf. Ich fragte aber nicht weiter nach. Nur sein Alter versuchte ich zu schätzen: Er ist etwa Mitte siebzig.
»Der deutsche Junge heißt Arno«, sagte der Mann und rückte seine Brille auf der mächtigen Nase zurecht. »Haben Sie den schon kennengelernt? Er ist immer in den Ferien hier, ich weiß nicht, warum seine Eltern ihn herschicken. Er wohnt beim Ehepaar Bernard, die aber selbst nur zweimal im Jahr im Dorf wohnen. Sonst leben sie in Marseille. Ich kenne sie kaum.« – »Kennen Sie die Stelle, an der die Kinder ins Meer springen und tauchen?« – »Das haben Sie gesehn?« fragte er. »Es ist gefährlich, zwischen den Felsen zu tauchen. Ein Wunder, dass noch nichts passiert ist.«
Wir sprachen noch ein Weilchen, dann zog ich mich wieder in meine Nische zurück.

Kann sich die Angst über zwei Generationen hinweg übertragen? Als Kind wusste ich wenig von den Schrecken, die eine Frau mit ihren vier Kindern Nacht für Nacht in die Bombenkeller trieb, während draußen Sirenen heulten. Ich wusste nichts von Truppenbewegungen und von den Briefen, der »Feldpost«, die mein Großvater von verschiedenen Stationen seiner letzten Reise aus an meine Oma schrieb. Bis heute habe ich sie nicht gelesen und weiß nicht einmal, ob sie noch existieren. Meine Oma war eine anpackende lebensfrohe Frau, auch in hohem Alter noch. Sie spielte und legte Puzzle-Bilder mit mir, und noch jetzt ist mir die Erinnerung an ihre Wohnung eine Erinnerung an Geborgenheit und Wärme. Woher aber kamen dem kleinen Jungen Tagträume in den Sinn, in denen er sich selbst als Krieger verwunden ließ, um in den Armen des dunkelhaarigen Mädchens, das er liebte, zu sterben? Noch heute spüre ich die durch den Körper flutende Wärme der Wunde, sehe eine düstere unbestimmte Gasse um mich mit ihren dunklen Häuserfassaden, die nur vom fahlen Mondlicht schwach erleuchtet werden.

Meine Mutter hat mir später erzählt, dass Onkel Gregor, der Jongleur, der Lebenskünstler, der windige Onkel Gregor in seiner Jugend einmal bei einem Waldspaziergang hinter den Geschwistern zurückgeblieben sei: schluchzend habe er Bäume umarmt, und kein Zureden noch auch sanfte Gewalt habe den panischen Griff seiner Arme von einer alten Eiche lösen können. Erst als meine Oma zurückgekehrt sei und dem jungen Mann mit der Hand über den Kopf gestrichen und ihm leise ins Ohr geflüstert habe, habe er sich schließlich führen lassen: »Wie ein Kind«, sagte meine Mutter. Als der Krieg zu Ende ging, war er acht.

Ich saß einmal auf einer Bierbank unter strahlend blauem Himmel, links neben mir Sabrina, die lachend mit ihrer Mutter sprach. Zu meiner Rechten hockte ein dicker Mann mit Bart, der hatte unter einem leeren Bierkrug ein seltsames Tier gefangen. Ich hatte ein derart großes Insekt noch nie gesehen. Es hatte Ähnlichkeit mit einer Biene, doch war sein Körper so lang wie mein kleiner Finger, aber doppelt so breit. Ich weiß nicht, wie der Mann es gefangen hatte; mit dumpfem Pochen schlug sein Leib wieder und wieder gegen die trüb durchsichtigen Wände seines Gefängnisses, das Brummen seines Flugs für einen Moment unterbrechend. Ich hatte Sabrina eine Zeit lang nicht gesehen, beachtete sie jetzt aber gar nicht mehr. Auf der Hinfahrt hatte sie mich damit gehänselt, dass ich noch nie Achterbahn gefahren war, denn das hatte ich in einem unüberlegten Moment zugegeben. Sie ahnte wahrscheinlich, dass ich verliebt in sie war; ich konnte die Augen auch dann nicht von ihr abwenden, wenn sie mich foppte. Nur in diesen Momenten vergaß ich sie ganz.

»Was ist das?« fragte ich den dicken Biertrinker neben mir und wies mit der Hand auf das ungeheuerliche Tier. – »Das?« brummte der Kerl und wuchtete seinen schweren Oberkörper in meine Richtung. Er grinste mich an und schielte aus seinem fetten geröteten Gesicht zu mir herab. »Das ist eine Hornisse, Kleiner. Wenn die dich sticht, kriegst du einen Ausschlag und Fieber oder du stirbst sogar. Hornissen sind gefährlich.« – Mir stand vor Staunen der Mund offen. Das Tier sah aus wie eine Biene, nur eben viel größer. »Bienen sind nützliche Tiere«, zitierte ich einen Satz, den ich von Oma gehört hatte, und versuchte den Mann anzulächeln. Jetzt war sie mit besonderer Wucht von der Decke ihres Glashauses abgeprallt und kauerte benommen am Boden. – »Blödsinn!« brummte der Mann, wahrscheinlich war er schon betrunken. Er riss an einer Schachtel ein Streichholz an, pustete es aus und schob es unter dem Rand des Glases zur Hornisse hinein. Das Tier taumelte zur Seite. Ein dünner Rauchfaden stieg von dem Holz auf und sammelte sich als Nebel an der Decke der Zelle. Ein Mann saß uns gegenüber, der war hager und bleich, obwohl doch Sommer war; nur seine Nase schimmerte rot. Er beugte sich nach vorn und beobachtete aus glasigen Augen, wie das Tier sich erneut vom Boden abstieß und mit verzweifelter Anstrengung in

den Nebel aufstieg. Dort prallte es einmal mehr ab – der Rauch kringelte sich wie eine Flüssigkeit unter dem Glas – und fiel auf die hölzerne Tischplatte. – »Sie will doch nur wegfliegen«, murmelte ich, der hagere Mann aber stellte fest: »Zu wenig Rauch da drin. Die Biester vertragen was ...«
Ich glaube, dass sich einmal Sabrina nach uns umwandte, sie begriff nicht, warum ich mich nicht mehr um sie kümmerte.
Als das zweite Streichholz unter der Glaskuppel verglühte, versuchte die Hornisse gerade, an der Wand der Zelle in die Höhe zu krabbeln. Ihre Hinterbeine gegen das Holz gestemmt, suchte sie am Glas nach Halt, ihre dünnen Vorderbeinchen glitten in schneller Folge wieder und wieder davon ab, während sie ihre Kauzangen in die Mauer förmlich hineinzurammen versuchte in ihrer Wut. Der dicke bärtige Mann lachte laut und lenkte die Aufmerksamkeit seines Freundes auf jene Woge von Rauch, die gerade von der Decke zurückflutete und als ein träger Wirbel dem rasenden Tier entgegenströmte. Die Hornisse hielt für einen Moment inne, nur ihre Fühler bebten schwach. In jenem Moment freilich, als der Rauch die Höhe der Fühler erreichte, stieß sie sich noch einmal mit all ihrer Kraft vom Zellenboden ab, ich hörte das dumpfe Brummen ihrer Flügel, sah, wie sie in ihren verdunkelten Himmel hinein aufstieg und hoffte schon, der Schleier würde sich auflösen vor ihr wie eine dünne Wolkendecke: Dann wäre die Welt vor ihr offen wie am ersten Tag, es ist Sommer, die Farben einer geschäftigen Stadt versinken mühelos unter ihr in eine gebändigte Tiefe ...
Das Gelächter der fremden Männer dröhnte mir in den Ohren. »Sie will doch nur wegfliegen«, flüsterte ich noch einmal und fühlte, wie mein Kinn zu beben begann. – »Halt den Mund, Kleiner!« herrschte der hagere Mann mich an, sein Gesicht mit der roten Nase klebte beinah schon an dem umgestülpten Bierglas. Tränen stiegen mir in die Augen. Sabrina

neben ihrer Mutter lachte, sie hatte nicht bemerkt, was an dieser Stelle des Tisches vor sich ging. Schwer fiel der Körper des Tieres zu Boden.
Jetzt würde es nicht mehr lange leben. Auf dem Rücken liegend, den massigen Hinterleib in die Höhe gereckt, die nur noch schwach zuckenden Beine ohne Halt über dem Körper schwebend – so ergab es sich seinem Schicksal. Ein weiteres Streichholz verlosch und verbreitete sein Gift in ihrer Zelle. Als ich das Glas endlich doch umstieß, rührte sich das Tier nicht mehr. Der dicke Mann drohte mir mit der Faust, hob das leere Glas auf und schmetterte es auf den Körper des Insekts. Der Panzer brach, Blut und Innereien verklebten den Boden des Glases mit dem Holztisch. Sabrinas Mutter sprang auf, zerrte mich an sich, umfasste meine Schultern, um mich zu schützen, und schrie auf die fremden Männer ein.
Am Abend las mir Oma eine Geschichte aus ihrem Märchenbuch vor und betete mit mir: wie jeden Abend.

Ich habe den kleinen Deutschen getroffen. Es war strahlender Sonnenschein und der Junge ging in Badehose den Sandstrand hinter meinem Haus entlang. Eine Taucherbrille baumelte an seinem Arm, manchmal führte er sie an sein Gesicht, hielt sie sich vor die Augen und sah aufs Meer hinaus. Einmal blieb er stehen, zog die Brille an ihrem Gummiband über seinen Kopf, holte tief Luft und hielt den Atem an. Seine Hand bewegte sich langsam und gleichmäßig auf und ab: Eins, zwei, drei, vier, fünf ... Als er mich näherkommen sah, brach er sein Zählen ab und ging über den Strand vor mir davon.
Ich liebe den Blick aufs Meer. Manchmal bei Nacht, wenn die Sterne funkeln, sieht es aus, als sei das Meer flüssig gewordener Himmel, der bis dicht an mein Haus vorgerückt ist und den Grund umspült, auf dem ich stehe.

Ich blickte eine Weile hinaus, dann beschloss ich, dem Jungen zu folgen. Seine Fußspuren führten über den Sand in Richtung des Felsabbruchs. Er war ganz ruhig den Strand entlanggegangen, mit gleichmäßigem Schritt, ohne sich umzublicken oder innezuhalten. Erst später veränderte sich der Abstand der Fußabdrücke, die Spuren wurden tiefer und rückten auseinander: Hier hatte der Junge es offenbar nicht mehr erwarten können und war die letzten Meter gerannt. Dann verlor sich seine Spur auf einem kantigen zerklüfteten Gesteinsblock. Hatte nicht Dr. Grenue mich geradezu darum gebeten, mich um den deutschen Jungen zu kümmern?

Ich stieg selbst auf den Brocken, legte aber nur eine Hand ans Ohr. Ich lauschte: Das Rauschen des Ozeans war das einzige, was zu hören war. Der Himmel war so tiefblau und so klar, dass es mich mit tiefer Zufriedenheit erfüllte: Der weite Horizont, die Sonne, die zerklüfteten Felsen und ein kühler Wind vom Meer – es war eine Welt, in der sich alle Trauer und aller Schmerz auflöste, als habe es sie nie gegeben. Die Vollkommenheit des Moments war absolut. Ich vergaß.

Ich weiß nicht mehr, wie lange ich so stand. Plötzliche Kinderrufe schreckten mich auf. Ich sprang noch einige weitere Absätze in die Höhe, übersprang einen Felsen, da sah ich sie: Auf den Felsen sich drängend, mit ausgestreckten Armen aufs Meer deutend und sich gegenseitig rüttelnd, war doch keiner unter ihnen, der in diesem Moment ins Wasser gesprungen wäre und selbst versucht hätte zu helfen. Als die Kinder mich sahen, war ich ihr Gott, ihr Erwachsener, der die Welt in ihre Angeln zurückhebt, der sie von ihrer Verantwortung und Freiheit erlöst.

Ich hastete zum Rand der Klippe. Ein Mädchen zerrte an meinem Ärmel und zeigte, während es auf mich einschrie, auf eine Stelle im Wasser. Die anderen Kinder hatten eine Art

Halbkreis um mich gebildet und trieben mich förmlich hinab. Ich kann nicht mehr sagen, ob ich nur nachgab oder schon selbst vorandrängte. Im nächsten Moment schlug mir eine kalte Welle ins Gesicht.

Ich tauchte, konnte aber kaum etwas erkennen. Das Licht der Sonne trieb seine hellen Keile ins Wasser, die sich beugten und krümmten bis zum Grund hinab. Zwei Menschen stehen auf dem flachen Dach eines Hochhauses. Ich schnappte nach Luft, das grelle Kreischen der Kinder in meinen Ohren. Dann stieß ich mich mit all meiner Kraft und gegen den Widerstand einer kalten salzigen Wassermasse erneut in die Tiefe.

Der Junge beugt sich über den Rand des Daches, das so hoch ist, dass die Bank drunten, der Rasen und die Schaukel wie Teile einer Spielzeugkulisse aussehen.

Ich tastete den Grund ab, meine Finger stießen auf eine kantige Steinplatte. Ich klammerte mich fest, zog mich in die Tiefe, suchte schon nach weiteren Rissen im Fels, um meinen Körper in der Tiefe zu verkeilen. Er darf nicht sterben!, rief ich und spürte, wie meine Finger sich weiter und weiter voranarbeiteten. Schon sehe ich den dunklen Umriss des Kindes sich neben mir wie in Zeitlupe neigen, der Junge verliert das Gleichgewicht. Das Grün des Rasens weit unten wird lichter und beginnt bereits jetzt wie von innen heraus hellgrün zu schimmern. Das Meer fiel in gleichmütigen kräftigen Stößen gegen eine felsige Küstenlandschaft.

Als ich zum zweiten Mal auftauchte, wusste ich schon, wo der Junge lag. »Was habt ihr getan!« rief ich, »ihr musstet doch wissen, dass er zu jung für solche Mutproben ist!«, da schlug mir eine Welle ins Gesicht und erstickte mein Schreien. Noch hustend, kämpfte ich doch bereits gegen den Auftrieb an, hinab, hinab. Dann hielt ich seinen Arm. Der Körper steckte zwischen zwei Felsen fest. Komm schon!, rief ich, hilf mir!, schau mich an!, und sah nun tatsächlich schon, wie durch eine gläserne Wand hindurch, seine hellen Augen. Der Rest des Gesichts blieb trübe, nur diesen Blick gab es noch, ich zerrte wie von Sinnen an seinem Kinderarm. Einmal verlor ich den Halt, schon fielen wir beide. Ich bin kein Möbelpacker, ging es mir undeutlich durch den Kopf, es ist ein sonniger Tag, man sollte in Badehose am Strand liegen, ich fühlte meine Kräfte schwinden. Jetzt hockte ich förmlich am Boden und griff weit in die Steinzange hinein, bis ich den Gürtel des Jungen zwischen meinen Fingern spürte. Von unten her wächst das Grün des Rasens an, bald wird man einzelne Halme unterscheiden können, Blüten sogar, es ist Frühling. Und während unseres Falls sah ich die Augen des Jungen mich fixieren, das sind die Augen eines Toten!, dachte ich und drückte seine Hand, während ich unter zunehmend heftiger schmerzender Luftnot an seinem Körper zerrte. Gib mir ein Zeichen!, rief ich in diese schwankende kalte Welt hinein, der Drang ihn loszulassen und aufzutauchen wurde immer heftiger. Ich rutschte ab, griff erneut, riss an seinem Körperchen, am Arm, am Brustkorb, am Gürtel, wieder und wieder. Mir war schon schwarz vor Augen, nur der Blick des Jungen blieb deutlich sichtbar. Über unserer Welt, die auch seine Welt gewesen war, schien die Sonne, ich hatte ihm nicht helfen können, schon spürte ich meine Finger sich lösen, ahnte bereits, wie meine Beine mich mit letzter Kraft vom Boden abstoßen würden, ohne ihn, schon nahm ich den Moment vorweg, in dem ich gierig nach Luft schnappen würde, geschlagen, selbst getroffen, lebendig. Er muss sterben. Da sah ich sein Auge zwinkern. Ich sah es ganz deutlich, wie in einem gläsernen Kästchen, dann wieder ruhte ein müder gleichgültiger Blick auf mir und betrachtete unbeteiligt den fremden Mann, der um sein Leben kämpfte. Mit einem letzten Aufschrei, der all meine Gedanken und Wahrnehmungen

übertönte, packte ich mit beiden Armen den reglosen Körper, stemmte mit den Schultern die Felsplatte in die Höhe, riss das Kind in meine Richtung und flog schon mit ihm hinauf. Im Moment des Aufpralls erwachte ich schreiend und richtete mich in meinem Bett auf, ich träume so oft vom Tod.
Ich keuchte, hustete, strampelte mit den Beinen. Das Meer war wie Watte unter mir, mein Kopf war schwarz vor Schmerz, der Himmel war schwarz, ich wusste nicht, wo ich mich befand, den schwarzen Kindskörper über meine Schulter gestemmt. Von fern drangen Rufe an mein Ohr, dann erkannte ich die Umrisse von gestikulierenden Menschen, ein Junge sprang ins Wasser und zerrte an meiner Schulter, ich folgte ihm. Erst als ich neben dem Jungen auf dem Fels lag, kam ich zu mir. Ich presste ihm die Hände auf die Brust, beatmete ihn, schlug ihm ins Gesicht. Als er nach Luft schnappte, begann ich zu schluchzen. Ich hielt mir die Hand vors Gesicht und wäre am liebsten geflohen, so wie er ja auch vor mir davongelaufen war.
Sie ist tot.
Ich werde sie nie wiedersehen, niemals.

Später schloss ich mich in meinem Haus ein. Verriegelte sogar die Tür. Ich bin so müde. Meine Angst ist nahezu unerträglich.

Jedes Fest ist ein Tanz auf Gräbern. Das Leben ist Veränderung. Ich meine diese Sätze nicht zynisch. Wir sollen ja auf den Gräbern tanzen, jede Erinnerung berührt den Tod. Es war so herrliches Wetter heute. Ich werde mich hinlegen und hoffentlich bald schlafen. Ich bin so müde.

Ich hab kaum geschlafen in der Nacht. Es war alles wieder da. Das Krankenhaus. Die Neonbeleuchtung. Leonora, sie liegt im Bett, die Infusionsflasche über ihr. Ihre Augen sind ge-

schlossen, sie schläft doch nur! Ich gehe in ihrem Zimmer auf und ab. Trinke nachts Kaffee und erzähle ihr, was mir gerade einfällt. Von unseren Reiseplänen etwa, oder von der Schaukel vor unserer Wohnung im Garten. Wollten wir nicht immer schon verreisen, weit weg, auf einem Kreuzfahrtschiff vielleicht? Einmal bekam sie einen Bericht über den Orientexpress in die Hände, den wollte sie gar nicht mehr weglegen …
Habe ich mir ihr Lächeln nur eingebildet? An einem Morgen die Worte der Krankenschwester: »Sie ist sehr tapfer, Ihre Frau.« Da habe ich gewusst, dass sie bald sterben würde. Ein junger Arzt, Dr. Kaufmann, legt seinen Arm auf meine Schulter. »Kann ich Sie einmal sprechen?« Und er führt mich auf den Gang, weil ich mich nicht weiter von ihr entfernen will.

Ich verließ noch vor Sonnenaufgang das Haus. Als ich mit ihr in einem Sommer vor Jahren diesen Strand entlanggegangen war, hatte sie einmal unvermittelt gesagt: »Wenn wir einander verlieren würden …« – Ich hatte sie unterbrochen, hatte gefragt: »Was meinst du damit, verlieren?« Wir waren einander erst vor kurzem begegnet und ich kannte sie kaum. Sie hatte mich angelächelt. »Man weiß schließlich nie, was passieren wird … Wenn wir uns einmal verlieren, wirst du dann wieder herkommen?« Mein Blick muss recht verständnislos gewirkt haben. Wir sprachen wenig über ernste Themen in dieser Zeit. – »Bitte«, hatte sie gesagt und meine Hand genommen. »Bitte.«
Ich ging kilometerweit am Strand entlang und folgte dann landeinwärts der Landstraße. Schöner Sonnenaufgang. Ich kam am Mittag zu meinem Haus zurück und schloss mich ein. Ich zog die Fensterläden zu meinem Schlafzimmer zu und legte mich ins Bett.

V

Als die Krankenschwester durch die Tür ihres ehemaligen Elternhauses trat, war ihr Mann schon tot. Die Kinder befanden sich in einem Zustand von Übermüdung und Angst, sie hielten einander an den Händen und betraten scheu und stumm das große kühle Gebäude. In der Hauptstadt, aus der sie geflohen waren, stand vermutlich bereits kein Stein mehr auf dem anderen; die Sirenen hatten über Wochen geheult, meist nachts, und manchmal war man in Schlafanzügen die Treppen zum Luftschutzkeller hinabgetaumelt. Meine Mutter war das jüngste der vier Kinder, und selbst sie erinnerte sich später noch gut an ein dumpfes Gefühl der Bedrohung und an den Klang der Sirenen. Manchmal, so erzählte sie mir, sei sie schon vor einem Alarm erwacht und sei, mit durchnässten Pyjamahosen, zum Bett ihrer Mutter, meiner Oma, gerannt. »Das war ein untrügliches Zeichen«, beteuerte sie mir, »danach gings immer los.«

Der alte Flügel, auf dem die Mutter der Krankenschwester früher gespielt hatte, stand noch immer im Wohnzimmer. Die Bücherborde aber wirkten seltsam gelichtet, Vasen, Porzellan und Schmuck waren verkauft, und selbst die Goethe-Büste, die auf dem Schreibtisch meines Urgroßvaters einmal gestanden hatte, war verschwunden. Genug Matratzen gab es nicht, wohl aber einige Decken, aus denen sich die Flüchtlinge Nachtlager bauten. Sie waren nicht die einzigen, die hier Zuflucht gefunden hatten. Auch ein paar Vettern und einer Tante war die Flucht in die Provinz gelungen. Man teilte gern mit-

einander. Und selbst die Kinder fühlten sich vielleicht noch immer zu unsicher, um miteinander Händel anzufangen.
Meine Urgroßmutter sprach selten mit ihren Enkeln. Überhaupt sprach sie nur noch selten, und wenn, dann meist auf Französisch, was die Kinder nicht verstehen konnten. Manchmal spielte sie Klavier; doch nur noch sehnsuchtsvolle und melancholische Nocturnes von Chopin und nicht mehr, wie früher, Beethoven oder Brahms. Sie war alt geworden. Wenn sie nicht Klavier spielte, schloss sie sich ganze Tage über in ihrer kleinen Dachkammer ein. Die Kinder fürchteten sie.
 Meine Oma aber? Sie war eine Frau der Tat, und weil sie gebraucht wurde und ihre Kinder liebte, deshalb hing sie auch an ihrem eigenen Leben. Als sie schon eine alte Frau war, war eine Zeit lang ich der Mensch, der sie brauchte. Und auch in ihrem Alter noch liebte sie durch mich das Leben und betete abends und sang morgens in der Küche mit ihrem Kanarienvogel um die Wette, während sie mir das Frühstück zubereitete.

Das Klopfen an meiner Tür ließ sich nicht abweisen. Als ich mich endlich doch angezogen hatte und zur Tür ging, saß Isabelle auf der Stufe vor dem Haus und drehte ein Gänseblümchen in der Hand. »Sie sind es«, sagte ich und rieb mir den Kopf. Mir war etwas schwindlig vom Anblick des Weges und des Lichts und der Straße, ich war noch ganz eingeschlossen in meine Gedanken. Ich hielt mir die Hand in den Nacken, ich war so groß, ich fürchtete, an den Türrahmen zu stoßen. Sie stand auf und lächelte mich verlegen an. »Onkel Pierre sagte, ich solle nach Ihnen schauen. Er wollte Sie heut Mittag besuchen, die Fensterläden waren geschlossen, Sie haben ihm aber nicht aufgemacht. Sind Sie krank?« – Ich schüttelte den Kopf. »Ich hab geschlafen«, antwortete ich.
Sie gab mir die Blume. – »Danke«, sagte ich und wurde nun

selbst etwas verlegen. Ich führte die Blume zur Nase und fragte: »Wo haben Sie die her?« In diesem Moment sah ich, dass selbst im Garten vor meinem eigenen Haus Gänseblümchen blühten. Da wurde ich noch verlegener. Sie lachte auf. »Keine Angst«, sagte sie, »sie ist nicht von hier.«
»Es geht dem Jungen wieder besser«, berichtete Isabelle. »Er hat Wasser in die Lungen bekommen und ein paar Quetschungen. Er wird aber bald wieder gesund sein.« – Ich nickte. »Gut«, sagte ich. – »Sie sollten sich nicht so einschließen in Ihrem Haus. Das tut Ihnen nicht gut ...« Sie musterte mich schüchtern. »Wollen Sie ein paar Schritte mit mir gehen?« – Ich zuckte mit den Schultern. – »Kommen Sie, wir fahren ein bisschen mit dem Auto rum.«
Ich bin selbst nicht mehr gefahren, seit Leonora verunglückt ist. Dabei fahre ich gern Auto. Als Isabelle mich jetzt fragte, ob ich ans Steuer wolle, schüttelte ich den Kopf.
Es war Nachmittag, als wir losfuhren. Einmal machten wir Halt, Isabelle wollte mir eine Kirche zeigen. Sie war riesengroß, romanisch, Isabelle erzählte von ihrer Geschichte und wusste sogar Einzelheiten über die Gemälde an den Wänden und den Altar. Die Luft war kühl und schwer, das Licht gedämpft; ich ließ mich führen wie ein Tourist oder ein Kind. Ich hörte ihr gar nicht zu.

Es war schon später Abend, als wir in Paris ankamen. Einmal wurde ich unruhig und dachte daran, ich müsse doch Leonora anrufen. Wir hatten eine ruhige Fahrt, es geht mir gut.
Dann saßen wir in einer überfüllten Gaststätte und aßen Omelette und tranken Wein. »Geht es Ihnen gut?« fragte sie. »Ich wär gar nicht mehr zu Ihnen gekommen, wenn Onkel Pierre mich nicht geschickt hätte. Ich wollte nicht zu Ihnen gehen.« – »Nein?« entgegnete ich. »Warum nicht?« – »Hätten Sie es denn

bemerkt?« erkundigte sie sich. – »Natürlich,« sagte ich. »Bestimmt.« Dabei war ich ziemlich müde und fühlte mich seltsam gleichgültig. Fand ich sie hübsch? Alles war mir so fremd, die Stadt bei Nacht, die Menschen in der Gaststube, ihr Gelächter, das Gedränge am Tresen. In einer Ecke des Raumes hing unter der Decke ein Fernseher, es wurde ein Fußballspiel übertragen. Manchmal ging ein Raunen über die Tische hinweg, plötzlich sprangen die Gäste auf, jubelten, umarmten einander. Ein paar Betrunkene stimmten ein Lied an. – »Wer spielt denn?« fragte ich. – »Wissen Sie das nicht? Es wird doch grad um die Meisterschaft gespielt.« Ich verstand nicht, was sie meinte, fragte aber auch nicht weiter nach. Am liebsten wäre ich allein gewesen und hätte mich auf die Bank vor dem Kachelofen schlafen gelegt. Das Grölen der Gäste hätte mich nicht gestört.

Später wollte sie mir zeigen, wo sie gewohnt hatte, also gingen wir. Wir blieben auf einer Brücke über der Seine stehen und blickten hinab. Die Lichter der Stadt spiegelten sich auf dem unruhigen Wasser. »Ich bin ein schlechter Begleiter«, sagte ich entschuldigend. – »Sie müssen ja nicht reden, wenn Sie nicht wollen. Ich gehe gern mit Ihnen.« – Ich weiß nicht mehr, wie es kam. Ich gab meinen Widerstand auf. Wir umarmten uns. Ich strich ihr mit der Hand über das kurzgeschnittene Haar. Die Berührung befreite mich aber nicht, sie tat mir weh. Also machte ich mich von Isabelle los.

»Sehen Sie das Licht da hinten zwischen den Bäumen?« Sie lächelte mich an. Sie sprach ganz leise und sah glücklich aus. Ich wusste nicht, wovon sie sprach, nickte aber doch flüchtig mit dem Kopf. – »In dieser Straße hab ich mal gewohnt. Mein Paris«, sagte sie und kicherte.

Wir kehrten in eine Bar am Flussufer ein. Ich trank Bier und wollte betrunken sein. Sie erzählte mir von dem Viertel, in dem sie früher gewohnt hatte, ich konnte mich aber gar nicht

mehr konzentrieren. Ich fühlte mich erschöpft, statt eines Inhalts hörte ich nur noch den irrationalen Rhythmus, in dem ihre Stimme über jene englischen Laute holperte, die sie nicht richtig aussprechen konnte. Bevor sie das Glas zum Mund führte, leckte sie kurz ihre Lippen, das war eine Angewohnheit von ihr. Ich stellte mir vor, wie es wäre, unter einer Bank zu schlafen. Ich wollte schon aufstehen; ich war fremd hier, kein Mensch in dieser Stadt hatte mich je zuvor gesehen. Ein paar singende Fußballfans taumelten Arm in Arm herein und versperrten die Tür. Also trank ich mein Bier aus.
Als wir die Treppe zu unserm Zimmer hochstiegen, wollte ich nur noch schlafen. Der Portier hatte uns gefragt, ob wir verheiratet seien, das hatte ich verstanden, und Isabelle hatte undeutlich mit dem Kopf genickt. – »Ist es üblich, solche Fragen zu stellen?« wollte ich wissen. – »Ist wohl wegen der Prostitution«, entgegnete Isabelle. »Ich wundere mich selbst darüber.« Sie schloss die Tür zu unserm Zimmer auf. Ein Schreibtisch, ein Fenster zum Innenhof, zwei nebeneinander gerückte Betten. »Willst du zuerst ins Bad?« fragte sie. »Geh du«, sagte ich. Ich setzte mich aufs Bett. Ich ließ den Oberkörper auf die Matratze sinken. Mein letzter klarer Gedanke war, dass Leonora immer auf der rechten Seite hatte liegen wollen. Dann schlief ich ein.

Ich erwachte mehrmals in der Nacht und sah sie neben mir liegen. Im Innenhof stand eine Laterne, das Licht verbreitete sich in unserem Zimmerchen. Sie war nackt. Sie lag auf dem Bauch, von einem halb abgestreiften Laken kaum mehr bedeckt. Ruhig hob und senkte sich ihr Oberkörper, das Gesicht war in meine Richtung gekehrt, ein hübsches Gesicht, die Lippen waren ein Stückchen geöffnet; mitunter stieß sie ein Geräusch aus, kaum mehr als ein Ausatmen und doch gemischt

mit leisem Stöhnen; ihre Gesichtszüge strafften sich kurz, zwischen den Augenbrauen bildete sich eine Falte, gleich darauf aber schien sie in einen noch tieferen Grad der Selbstvergessenheit hinabzusinken. Ich stand auf und ging zum Fenster. Eine Bank stand auf dem Hof, ein Baum warf seinen Schatten auf die gegenüberliegende Hauswand. Hinter einigen Fenstern war noch Licht, nur Menschen sah man nicht. In einem der Zimmer drüben flimmerte ein Fernseher.
Ich war noch immer in meinen Kleidern. Vielleicht hatte Isabelle versucht mich auszuziehen, ein paar Knöpfe meines Hemds waren geöffnet, das war alles. So tief ich geschlafen haben mochte, jetzt war ich wach. Ich hätte gern gelesen, wollte aber wegen Isabelle das Licht nicht einschalten. Ich streifte mir die Schuhe über und verließ unser Zimmer.

Vielleicht war sie auch als alte Frau noch jung; vielleicht gab ihr meine Gegenwart ein neues Leben: Sie hat nicht viel erzählt »von früher«. Sie war fast vierzig, als ihr Mann starb, etwas über vierzig, als ihr der Tod ihres Mannes von den Behörden als eine unumstößliche Wahrheit bestätigt wurde. Womöglich überzeugte sie nicht einmal diese Mitteilung ganz und gar; sie war Optimistin und glaubte bis an ihr Lebensende an Wunder. Kann sie sich aber als Achtzigjährige die Gegenwart ihres Mannes noch vorgestellt haben? Sie stand mit ihren Beinen, auch unter Schmerzen, doch immer fest auf der Erde. Dennoch ging sie sicherlich davon aus, dass sie ihn einmal wiedersehen würde.

Ich setzte mich in ein Bistro und schrieb. Beim Verlassen des Hotels hatte der Portier über das Gästebuch hinweg in meine Richtung gelugt, zu hüsteln begonnen und deutlich sichtbar den Kopf geschüttelt.

Nach einer Weile klappte ich mein Schreibheft zu und sah mich um. Gibt es einen Unterschied zwischen einer Dorfkneipe und diesem Großstadtlokal? Eine Frau am Nebentisch trug kurzes blondiertes Haar, ich dachte an Isabelle und lächelte: »Die besten Friseure der Welt«, fiel mir ein.
Es war schon früh am Morgen, als ich wieder aufbrach. Wahrscheinlich war ich auf dem Hinweg zu unaufmerksam gewesen. Jetzt fand ich mich in den kleinen Straßen nicht zurecht. Ich passierte eine Kirche, die ich nie zuvor gesehen hatte, dann sprach ich zwei Betrunkene an, die mich aber überhaupt nicht verstanden und mir mit einer Fußballhymne antworteten. Ich wusste nicht einmal den Namen der Pension, hatte in meiner Erschöpfung nicht darauf geachtet.
Da fiel eine Last von mir ab. Ich begann mich frei zu fühlen. Ich ging am Fluß entlang, setzte mich auf eine Bank; warf Steine ins Wasser und beobachtete die Ringe auf der Oberfläche, die sich in breiter werdende Kreise hinauszitterten und auflösten wie Rauch. Am Himmel zeigte sich ein schwach rötlicher Schimmer, bald würde die Sonne aufgehen. Jetzt fiel mir selbst eine Stadionmelodie ein, die ich wohl in meiner Jugend einmal aufgeschnappt hatte. Aus meinem Summen wurde eine Art Gesang, ich griff mehr und mehr Kieselsteinchen vom Boden auf und ließ sie in Salven über das Wasser hopsen. »Tor!« rief ich aus, »Tor! Tor!«, und hob sogar die geballten Fäuste in meinem Jubel.
Ein bärtiger Clochard in stinkenden zerfetzten Kleidern setzte sich neben mich und musterte mich neugierig. Ich räusperte mich und setzte mich sehr aufrecht hin. »Was schaun Sie denn?« fragte ich auf Deutsch »Ich liebe Fußball nun mal. Noch nie einen Fußballfan gesehn?«
Er blickte mich nur an, verzog keine Miene. Er beugte sich sogar vor, um mich noch besser sehen zu können.

»Habt ihr nicht gewonnen heute?« fragte ich. »Das ist doch ein Grund zu feiern.« Und wieder hob ich die Arme und warf meine Steinchen in den Fluss. »Tor!« rief ich. »Tor!« – Da bildete sich ein schwaches Lächeln im Gesicht des Mannes. Er richtete mühsam den Oberkörper auf und lehnte sich zurück. Kopfschüttelnd schloss er die Augen. Im nächsten Moment schlief er schon.
Es war Vormittag, als ich in die Pension zurückfand. Unser Zimmer war verschlossen, also ging ich zum Portier und fragte, wo Isabelle sei. Der Mann musterte mich mürrisch und stieß einen Rauchring aus. Er war bleich und unrasiert, Schweiß stand auf seiner Stirn. Er schlug sein Gästebuch auf und blätterte lustlos darin herum. »Wo ist – meine Frau?« fragte ich noch einmal und war froh, den Satz so leidlich in der Landessprache herauszubringen. Der Mann nahm einen tiefen Zug von seiner Zigarette und begann, an einem kleinen Radiogerät herumzufummeln, das neben ihm auf einem Tischchen stand. Erst als ich wütend wurde und mit den Fingerknöcheln auf sein Buch schlug, blickte er wieder auf und stieß verächtlich aus: »Also Ihre Frau, was?« – Ich zuckte mit den Schultern. – »Abgereist.«

In ihren letzten Monaten verließ meine Urgroßmutter kaum mehr ihre Dachkammer. Sie war »wunderlich« geworden, so erzählte meine Mutter mir später. Wenn man plötzlich in ihr Zimmer trat (oder an der Tür lauschte) konnte man hören, wie die alte Frau Französisch sprach, oft lachend umherschreitend, dann wieder unter Tränen sich am Bücherbord abstützend. Vielleicht unterhielt sie sich mit ihrem Mann; wenn man sie darauf ansprach, schüttelte sie nur zerstreut den Kopf und wandte den Blick ab. Im nächsten Moment hatte sie den Eindringling, der man in ihrem Zimmer immer war, vergessen und durchwühlte ihren Schreibtisch nach alten Briefen oder Urkunden. Nur von der Krankenschwester ließ sie sich noch manchmal in ein Gespräch verwickeln; diese Gespräche kreisten um meinen Urgroßvater und überhaupt um die Vergangenheit. Und irgendwann im Laufe solcher Wortwechsel würde die alte Frau meine Oma beim Arm nehmen, und sie, mit plötzlicher Beunruhigung in der Stimme, fragen: »Wir dürfen doch noch hierbleiben, oder? Sie haben sich noch nicht gemeldet?« Dann starrte sie ihre Tochter an, um schließlich zerstreut den Kopf zu schütteln. Im nächsten Moment schon durchwühlte sie ihren alten, mächtigen Schreibtisch nach Briefen.

Meine Oma mitsamt ihren vier Kindern lebte noch immer im Erdgeschoss des großen Hauses; doch hatte man sich inzwischen Matratzen gekauft. Zwei abgetrennte Kinderzimmer gab es, in einem schliefen die Jungs, im andern die Mädchen. Die übrige Verwandtschaft hatte sich nach und nach wieder zerstreut, um sich in der Fremde »ein neues Leben« aufzubauen. Eine entfernte Großtante von mir, die später in der Familie nur noch Tante Dorothy genannt wurde, hatte einen Amerikaner kennengelernt und wanderte mit ihm und ihren Kindern nach Amerika aus. Omas Vetter Alvis war zum Kommunisten geworden und übersiedelte in den sowjetisch besetzten östlichen Teil des Landes. Der Kontakt zu ihm brach später völlig ab. Von alledem schien die alte Frau in ihrer Dachkammer keinerlei Notiz zu nehmen. Man konnte sie nicht einmal dazu bewegen, ihr Zimmerchen zu verlassen, um ihren Nichten, Großnichten und ihrem Neffen Lebewohl zu sagen; sie nickte zerstreut mit dem Kopf und machte eine wegwerfende Handbewegung. Nur einmal, als Omas jüngerer Bruder Klaus aus der Kriegsgefangenschaft zurückkam, erwachte die alte Frau für eine kurze Zeit aus ihrer merkwürdigen Mansardenexistenz; sprach deutsch; umarmte ihren Sohn und küsste ihn und

wollte ihn gar nicht mehr loslassen; streichelte sein Gesicht, hielt seine Hände und schluchzte immer wieder: »Dass du wiedergekommen bist! Dass du wieder da bist ...«
An diesem Abend setzte sie sich zum letzten Mal in ihrem Leben ans Klavier. Früher, als ihr Mann noch gelebt hatte und wenn ihre Kinder, noch klein, schon im Bett lagen, hatte sie manchmal Präludien von Bach gespielt; jetzt brach sie nach wenigen Takten ab, Tränen liefen ihr übers Gesicht, und Klaus musste sie zurück in ihre Dachkammer führen.
Wenige Tage später war sie tot.

Es werden wahrscheinlich in den meisten Familien Erlebnisse und Sentenzen zumindest von einer Generation zur nächsten weitergereicht. In besonderen Fällen überleben solcherlei Schilderungen mehr als den üblichen Eltern-Kind-Sprung und werden zu einem Band, das den Einzelnen über Jahrzehnte und gar Jahrhunderte hinweg lose mit all jenen verbindet, die an der Überlieferung des Mythos ihren Anteil hatten. Meine Großmutter bewahrte gleich mehrere solcher Geschichten und hat sie zu verschiedenen Anlässen mitgeteilt. Sie waren ihr, je nach Gemütsverfassung, Grund zur Heiterkeit, ein Kampfruf gegen die Widrigkeiten des Daseins oder gar eine Art Motto. In einen demgemäß aufgewühlten, hochgestimmten und eindringlichen Tonfall verfiel sie, wenn sie als Verwalterin des Familienerbes solcherlei Erinnerung weitergab.
Eine der ältesten dieser Geschichten versetzte mich in das Leben ihres eigenen Urgroßvaters, des Großvaters ihres Vaters:
Wilhelm war Lehrer. Und er muss ein guter und opferwilliger Lehrer gewesen sein, denn warum sonst wohl hätte die Nachbarschaft ihn noch aus seiner Nachtruhe zu Hilfe gerufen, als doch die Männer sich gegenseitig schon die Wege verstellten in ihrer verzweifelten Anstrengung, den Brand zu löschen?

Von der Scheune, die man dem Feuer hatte lassen müssen, waren die Flammen auf das angrenzende Wohnhaus übergesprungen, hatten die Dielen des Erdgeschosses erfasst und leckten jetzt mit Zungen an der Fassade, griffen immer noch weiter empor, um endlich den ganzen alten Bau zu überwältigen. Was konnte das Wasser der Helfer hier noch ausrichten? Eine junge Frau lag am Boden, von vier starken Männern halb gestützt, halb gebändigt, und kreischte und schluchzte und wies mit den Armen nach einer Luke unterm Dach. Sie rief die Namen ihrer Kinder. Von ihrem Anblick angezogen, fand sich Wilhelm in der Nähe der Eingangspforte. Eine alte Frau rief: »So rette doch einer die Kinder! Seid ihr zu feige, Pack?«; es war dieselbe Frau, die den Lehrer durch wildes Hämmern gegen seine Fensterläden aus dem Schlaf gerissen hatte. Der Sattler, der neben Wilhelm stand und den Ruf genauso wie Wilhelm doch gehört haben musste, duckte den Kopf und war schon im nächsten Moment zwischen zwei Eimerträgern entkommen. Was war zu tun? Schon fühlte der Lehrer die ganze Last der Entscheidung allein auf sich geladen; schon vermeinte er, das Wimmern der Kinder zu hören, unterdrücktes Geheul, wie sie in ihrer Dachstube um Atem kämpften; knüpfte bereits sein Wams auf, um es sich über den Kopf zu ziehen als Schutz gegen die Flammen; entwand einem der Umstehenden einen Eimer Wasser; und trat auf die Pforte des nun in allen Fugen bebenden, knisternden, glühenden Hauses zu: als sich eine Hand auf seine Schulter legte.
Wilhelm fuhr herum, er hatte den Fremden nie zuvor gesehen. Der flackernde Schein des niederbrennenden Gebäudes erhellte ein lächelndes sanftes Männergesicht. Der Fremde schüttelte den Kopf. Er wandte langsam den Blick und trat zur Seite. Wilhelm, sich zwischen aufgeregten, schwitzenden Helfern hindurch schlängelnd, leistete dem wortlosen Wink Folge

und eilte in die angegebene Richtung: Zwischen Kornsäcken und alten Laken verborgen fand er die Kinder, eng aneinander geschmiegt hockten sie an einer Hauswand. Als Wilhelm wieder zu sich kam, sich an den Unbekannten überhaupt erst wieder erinnerte, der ihn doch zurückgehalten, ihm doch das Leben gerettet hatte, war jener im ganzen Dorf nicht mehr zu finden. Niemand konnte dem Lehrer Auskunft geben, keinem seiner Nachbarn war die fremde lächelnde Gestalt inmitten des Tumults überhaupt aufgefallen.

Ich fahre im Zug, während mir diese Episode wieder in den Sinn kommt. Damals hörte ich sie mit einem gewissen Befremden, mir selbst hatte noch nie ein Fremder die Hand auf die Schulter gelegt. Hätte ich es überdies zugelassen? Hätte ich selbst mich nicht losgemacht, die Hand als eine Bedrohung abgeschüttelt?

Von Mama kannte ich eine ähnliche Geschichte, die übrigens ebenfalls in den Legendenschatz meiner Oma Aufnahme gefunden hatte: Meine Mutter selbst nämlich, gedankenverloren in kindliches Spiel vertieft, war von der Hand eines Fremden zurückgehalten worden, als sie ihrem Ball nach auf die Fahrbahn hatte springen wollen: Der Lärm des direkt vor ihrem Gesicht schon im nächsten Moment vorbeifahrenden Autos betäubte ihr die Sinne. Als sie sich umwandte, war kein Mensch mehr in ihrer Nähe zu sehen ...

Vielleicht waren es meine eigenen Sorgen, die Ängste vor meinen Feinden, die mir vor dem Schulgebäude immer häufiger auflauerten, denen meine Oma mit solcherlei Erzählungen begegnen wollte. Ich weiß es nicht. Durch eine Landschaft hindurch, die sich unter der Hitze und einem flimmernd blauen Himmel zu Boden zu ducken scheint, fahre ich jetzt mit dem Zug. Isabelle ist in aller Frühe ohne mich abgereist, ohne mir noch eine Nachricht zu hinterlassen.

Ich nahm vom Bahnhof ein Taxi und ließ mich vor Pierres Haus absetzen. Es war früher Abend, noch immer heiß, auch über dem Meer war bis zum Horizont hin nicht die Spur einer Wolke zu erkennen. Ich klingelte mehrmals, dann schlenderte ich über die schmale Auffahrt zurück zur Straße. Im fast leeren Wirtshaus aß ich zu Abend und kehrte schließlich in mein Haus zurück.
Aus dem Fenster blickend, beobachte ich die Anläufe, mit denen das Meer gegen den Strand läuft. Möwen kreisen über dem Wasser oder sie lassen sich, wie auf ein geheimes Zeichen hin, plötzlich hinabfallen. Ihr Geschrei schwillt immer ganz plötzlich an, verbreitet sich in Stößen: Ein einzelner Vogel gibt das Signal vor, ein zweiter fällt ein, bis sich endlich die ganze Horde in nahezu gleichförmigem Gelächter vereint. Ist dies erreicht, setzt ein erstes Tier bereits wieder zu neuem Flug an. Andere ziehen nach; am Ende bleibt nur eine einzelne Möwe auf dem Sand zurück – und reibt verlegen ihren Kopf an einem Flügel. Ich werde bald schlafen gehen.

Ihren Ball unter den schlaff herab baumelnden Arm geklemmt, taumelte das Mädchen, das einmal meine Mutter werden würde, nach Hause. Sie war in einem seltsamen Zustand der Benommenheit, als habe sich die Welt von vormaligen Bezügen und ohnehin schon gefährdeten Gewissheiten frei geschüttelt und zeige sich ihr in diesen Momenten so wie sie wirklich ist: anders, unbestimmbar.
Es waren vier Kinder: zu wenig, um in Notzeiten ein großes, unbeschädigtes Haus zu bewohnen. Die ganze Gemeinde war vom Krieg verschont geblieben; nur die umliegenden Städte waren verwüstet. Über Kilometer hinweg säumten leere Häuserfassaden die von Schutt bedeckten Straßen, noch immer zog man halb verrottete Leichen aus Geröllbergen, musste

man befürchten, dass Hauswände sich neigten, bröckelten, Stein um Stein den eigenen Verfall vorantrieben, um mit einem Mal krachend einzustürzen.

Die Krankenschwester half in einem Lazarett, das in der Gemeinde in einer ehemaligen Gymnastikhalle eingerichtet worden war. Zivile Kriegsopfer der Umgegend – Frauen, Kinder, alte Menschen – versuchte man ebenso zu heilen wie Flüchtlinge und Kriegsheimkehrer. Auch von diesen Erfahrungen hat Oma mir kaum jemals erzählt. Schritt sie, als sie das Lazarett zum ersten Mal betrat, die Reihen der Pritschen ab, mit pochendem Herzen um sich schauend, ob nicht doch auf einem der Krankenlager jenes Gesicht zu entdecken wäre, von dem man ihr gesagt hatte, sie würde es niemals wiedersehen? Ein Wunder wäre es gewesen, das wusste sie. Und doch sind oft wohl gerade die Überlebenden, die Davongekommenen, geneigt, an Wunder zu glauben.

Als Mama an diesem Abend nach Haus kam, saßen um den Ecktisch herum drei Menschen, die sie nie zuvor gesehen hatte: Ein junger Mann mit kurzem, streng gescheiteltem Haar und stumpfer Nase, dessen rechte Gesichtshälfte von Brandwunden um eine entlang des Kiefers verlaufende Narbe herum rötlich gestrafft war; ein älterer dicker Mann in reinlich gebürsteter, aber löchriger Weste, dessen breite Hände auf seinem vorspringenden Bauch ruhten; und eine alte Frau mit schütterem schulterlangem Haar, deren Blick dem herein trottenden Mädchen auswich und auch dann noch an seinem Gesicht vorbei auf eine Kommode gerichtet blieb, als man sich die Hand gab: »Guten Tag.« Diese Frau hieß Lotte; sie war vor Jahren das Kindermädchen im Haus gewesen und hatte meiner Oma und deren Geschwistern das Essen gekocht. Wie sie den Weg zurückgefunden hatte, wusste vielleicht nicht einmal Oma genau: Ihre Berichte waren wirr und flüchtig wie ihr Blick. In der nächsten Zeit bezog sie das Dachkämmerchen ihrer verstorbenen »gnädigen Frau«, wie sie noch immer sagte.

Vielleicht fiel es der alten Frau schwer, nach all der Zeit wieder ihren Platz in der kleinen Familie zu finden: Sie könne doch arbeiten, sagte sie. Meine Oma, der Lotte völlig ergeben war, zuckte mit den Schultern. Hatte der Krieg die Kinder nicht schon erzogen? Paul und Gregor, die ältesten, waren es gewohnt, auf ihre Schwestern achtzugeben. Für meine Oma in ihrer Kindheit war die »Gouvernante« mitunter eine Komplizin gewesen, eine Mitwisserin, näher und vertrauter als die eigenen Eltern. Noch immer sprach das gealterte Kindermädchen kein Französisch; konnte das aber eine Brücke zu den vier Kindern herstellen in einem Haushalt, in dem ohnehin nur noch deutsch gesprochen wurde?

Französisch verstand auch der dicke kahlköpfige, mild lächelnde »Onkel Theo« nicht, wie ihn die Familie bald nannte; wohl aber verstand er es, lateinische, altgriechische und sogar einige aramäische Wendungen derart natürlich und selbstverständlich in seine Rede fließen zu lassen, dass den Kindern die Münder offen standen. Das kleine schwarzhaarige Mädchen mit den langen geflochtenen Zöpfen, meine Mutter, fasste Vertrauen zu ihm und ließ sich auf seinen Schoß setzen und von Caesar und Homer erzählen. »Noch mehr, noch mehr, Onkel Theo!« bettelte die Kleine. – »Aber ich bin doch gar nicht dein Onkel«, sagte Theo wahrheitsgemäß.

Noch vor Sonnenaufgang ging Lotte zum Bauern und kehrte mit einem kleinen Eimerchen voll Milch, mitunter auch einem Ei oder einem Stückchen Butter nach Hause zurück. Wenn die paar Pfennige, die Oma ihr mitgegeben hatte, nicht ausreichten, marschierte die alte Frau am Nachmittag erneut zu den Ställen hinüber und mistete aus oder kehrte die Wohnstube.

Nahezu unentbehrlich aber wurde die Hilfe des ehemaligen Soldaten für die Familie. Gerüchte liefen im Dorf um: Er sei Deserteur gewesen; sei auf seiner Flucht von deutschen Truppen aufgegriffen worden; sei der Hinrichtung nur durch den für ihn glücklichen Umstand eines heftigen englischen Luftangriffs entkommen. Und weiter: Er unterhalte jetzt, nach dem Krieg, die besten Kontakte zu den Amerikanern der Kreisstadt, mit denen er Zigaretten tausche und Whisky und denen er deutsche Mädchen zuführe. Man sprach hinter seinem Rücken über ihn, man traute ihm nicht. Oma aber erklärte derlei Redereien für »Schnickschnack« und akzeptierte gern das Geld, das er ihr immer wieder auf den Esstisch legte. »Wer hier wohnt, darf auch Miete zahlen«, erklärte sie kategorisch. »Schließlich müssen die Kinder was essen.« – Der Soldat nickte. Fast schon war er der Ernährer der Notgemeinschaft geworden, der »pater familias«, wie Onkel Theo mit dezentem Spott anmerkte. Der Soldat nahm das fremdländische Wort wie eine Auszeichnung entgegen. Und verzog sein entstelltes brandwundiges Gesicht zu einem schiefen glücklichen Lächeln.

Kurz nach Sonnenaufgang bin ich mit dem Boot hinausgerudert. Ich versuchte aber nicht mehr, die Hungergrotte zu erreichen, sondern ließ das Boot in einiger Entfernung auf den Wellen schaukeln. Ein Dampfer stand am Horizont, als habe er weit draußen Anker geworfen. Die Sonne stieg auf und es wurde warm. Manchmal schwimme ich auch; mit einer Taucherbrille vor den Augen kann man bei Sonnenschein bis zum Grund hinabschauen, zwanzig Meter tief. Es ist wie Fliegen: Der Seegang wiegt den Körper, während sich weit unter einem, durch eine phantastisch bewachsene Felswelt hindurch, Fische schlängeln. Man müsste sich nur fallen lassen, so könnte man sie im nächsten Moment bei ihren Schwänzen packen.

Ich schwamm, bis mir kalt wurde, dann kletterte ich an Bord zurück. Erst als ich weit drüben am Strand Kinder entdeckte, wurde ich unruhig.

Wo aber war Sabrina? Liebte ich sie nicht mehr? Mischten sich in die schwermütigen Treueschwüre des Kindes schon die Müdigkeit oder das Vergessen des Heranwachsenden? Ohnehin sahen wir uns selten. Während meine Schule um ein paar Ecken herum im Städtchen lag, verließ Sabrina morgens mit ihrer Mutter zusammen das Haus, um mit dem Auto zum etwas außerhalb liegenden Busbahnhof gebracht zu werden, von wo aus sie in blaue Fernen fuhr. Mein eigener Weg kostete mich kaum einmal zehn Minuten. Sabrina aber berichtete mir stolz, dass ihre Schule über fünfzehn Kilometer entfernt liege, ihre morgendliche Reise länger als eine halbe Stunde dauere! Diese Mitteilungen verfehlten ihre Wirkung auf mich nicht. Am liebsten wäre ich ganze Stunden, ja länger noch, Tage und Nächte hindurch auf der Reise gewesen, im Bus, im Zug, die Stirn gegen kühle Glasscheiben gelehnt. Und wenn sie mich auch manchmal hänselte – hätte ich Sabrina nicht noch immer mit mir nehmen wollen?

Ja, sie hänselte mich. In jenem Zimmer, in dem sie lebte und das ich als einer der ersten gesehen hatte, vollgestellt mit jenen Möbeln, die ihre Fantasie vor unser beider Augen aufgetürmt hatte, war ich lange Zeit über nicht gewesen. Manchmal unternahmen wir mit ihrer Mutter zusammen Ausflüge, doch auch diese Begebenheiten wurden seltener. Trug die Wand des Fahrstuhls noch immer ihren Namenszug, den ich an jenem Tag mit bloßem Finger aufgetragen hatte? Wenn ich daran zurückdachte, überkam mich noch jetzt Scheu, ein Nachklang der Furcht davor, entdeckt zu werden. Mischte sich aber in dieses Gefühl nicht auch schon der Wunsch, den Zauber der

Begegnung wieder auferstehen zu lassen? Einmal in jener Zeit schlich ich mich spät abends und in Socken aus Omas Wohnung, stieg in den Lift und fuhr mit klopfendem Herzen zum Dachgeschoss hinauf. Öffnete behutsam die Kabinentür und blickte himmelwärts: Die Luke war verschlossen, keine nächtliche Sternenfülle zu sehen, es war ganz finster. Kein Möbelpacker, der jetzt mit seiner Stange die Luke geöffnet hätte, um mit mir aufs Dach zu steigen. Gab es keinen Zauber mehr? Ich versuchte, mich an die Worte zu erinnern, die ich mit dem Riesen gewechselt hatte. Ob auch er noch manchmal an mich dachte? Oder hatte er mich vergessen, mich vergessen wie mein Vater, der Mann mit der Kapitänsmütze, von dem Mama mir erzählt hatte? Wo war er? Wo waren sie? Die Luke blieb verschlossen.

Ich schlurfte verstohlen die Wand entlang und fand die Wohnungstür, hinter der sich Sabrinas Leben vollzog. Das Licht anzuschalten wagte ich nicht. Wohl aber legte ich jetzt behutsam mein Ohr an die Tür und lauschte. Ob sie schon schlief? Ich stellte mir ihren Kopf vor mit den schwarzen krausen Haaren, auf ein weiches Kissen gebettet, und wünschte, ich könne sie beobachten – für einen kurzen Moment an ihr Bett treten und mit der Hand über ihre Stirn streichen. Doch auch diese Tür blieb vor mir verschlossen, und lediglich das Tönen eines Fernsehers war zu vernehmen, entferntes Anschwellen einer dramatischen Musik, gedämpfte Dialogfetzen. Ein Knacken im Treppenhaus, das Knarren einer Tür weit unter mir ließ mich wieder in die Deckung der Fahstuhlkabine zurückhuschen.

Ich erreichte unbemerkt das fünfte Stockwerk und schloss die Tür zu Omas Wohnung auf. Als ich schon im Flur zum Schlafzimmer war, ging das Licht an. Oma stand neben mir, auf ihren Stock gestützt, im Nachthemd. Ihre bloßen Füße auf dem Teppichboden sahen sehnig und abgezehrt aus: alt. Ihre

Haare standen wirr und schütter vom Kopf ab. »Ist alles in Ordnung?« fragte sie. Ich nickte schuldbewusst mit dem Kopf. – »Dann ist es gut, Andi«, sagte sie und lächelte mich an. »Hast du dir schon die Zähne geputzt?«
Und sie nahm mich bei der Hand und wir gingen ins Badezimmer.

Man hatte wohl schon Angst, die Wiesen würden verdorren. Doch heute endlich, nach Wochen der Hitze, zog das Gewitter auf, das die Menschen hier schon seit Tagen erwarteten. »Jetzt ist es gut«, sagten sie abends beim Bier. »Soll es die nächsten Tage regnen. Bis zum nächsten Wochenende scheint wieder die Sonne …« Am Wochenende wollen die Leute ihr Dorffest feiern.
Ich machte eine Wanderung entlang der Küste. Nah einer Klippe steht in der Mitte eines eingezäunten Gartens ein hübsches verwinkeltes Häuschen, dessen Seitenwand um die Fenster herum fast vollständig von Efeu bewachsen ist. Ich ging um das Grundstück herum und fand auf der dem Meer abgewandten Seite eine kleine Pforte und an dieser befestigt ein Messingschild: Emilie et Antoine Bernard. Ich drückte auf die Klingel, doch wurde mir nicht aufgemacht. Wie es dem kleinen Außenseiter gehen mag? Ich werde mich am Abend in unserer Dorfkeipe danach erkundigen.
Als ich Isabelle erkannte, regnete es schon. Sie saß in einiger Entfernung auf einer Wiese, jetzt stand sie auf, wohl um ihren Rückweg ins Dorf anzutreten. Als sich unsere Blicke begegneten, hielt sie inne, wandte sich wie zufällig ab und sah über den an dieser Stelle bezäunten Rand der Klippe aufs Meer hinaus. Die Wasseroberfläche, in den letzten Tagen grün und durchscheinend, war von herabfallenden Tropfen aufgerauht, war grau geworden. Ich ging auf Isabelle zu.

»Wo bist du gewesen?« fragte ich, »ich hab dich gesucht.« – Halb verbarg sie sich hinter einer angehobenen Schulter. »Warum bist du gefahren?« fragte ich. Meine Worte mischten sich mit dem Rauschen des Regens; verstand sie mich nicht? Ich hob die Hand und legte sie auf ihre Schulter: sie fuhr herum. – »Du weißt ja gar nicht, was Verantwortung ist!« rief sie aus. »Was glaubst du wohl, warum ich mit dir durchs Land fahre; denkst du vielleicht, es macht mir Spaß?« Jetzt richtete sie ihre Augen direkt auf mich. »Ich dachte, ich wüsste, wer du bist.« Und mit einem fast wehmütigen Ton fügte sie hinzu: »Ich wollte dich ja verstehen.« Es entstand eine Pause.
»Aber du bist kalt«, sagte sie.
Ich weiß nicht, warum ich lächeln musste; es geschah. Ich erkannte, dass sie nur noch mehr die Fassung verlor, und strich mir mit der Hand über die Lippen. Sie wich einen Schritt vor mir zurück. Breitbeinig stand sie vor mir, ihre Augen blitzten. Regen lief durch ihr blondiertes Haar, den Nacken hinab und in den aufgeschlagenen Kragen hinein.
Mit leiser Stimme brachte sie hervor: »Meine Großmutter sagte immer: ›Die Deutschen haben kein Herz. Sie sind Maschinenmenschen.‹« Sie hielt inne und wieder schien es mir, als mische sich Wehmut in ihren Zorn. »Sie hatte recht!« flüsterte Isabelle. »Ganz recht hatte sie, ja!«
Mit diesen Worten wandte sie sich ab und lief schluchzend davon.

Es ist Abend. Ich sitze an meinem Ecktischchen in der Kneipe. Zum ersten Mal, seit ich hier bin, verspüre ich den Wunsch, aufzubrechen. Ich werde einfach meine Koffer packen, die Rechnungen begleichen und abfahren. Wohin? Es gibt so viele Orte, die ich noch nie gesehen habe. Vielleicht werde ich nach Algerien übersetzen und weiter in Richtung Süden reisen. In meiner Jugend waren Reiseromane meine bevorzugte Lektüre, Bücher, die von fernen Inseln erzählten, von Entdeckungsreisen durch die Weltmeere oder von Forschungsexpeditionen zum Nordpol.

Die Kneipe ist fast leer. Mitunter stehe ich von meinem Schreibheft auf und gehe zum Fenster. Draußen regnet es heftig. Ich beobachte erste Blitze, die zwischen niedrigem Himmel und unruhiger Wasseroberfläche aufzucken wie zwischen elektrisch geladenen Polen. Donner grollt, der Wind schwillt zum Sturm an, bald wird das Zentrum des Gewitters unser Dorf erreicht haben.

Es war finster. Klingelte morgens der Wecker, war ich so müde; ich hoffte, der Schlaf würde mich aus meinem Zimmer wieder fortzerren und hinab in meine warme Höhle der Selbstvergessenheit. Morgens war selbst unsere Wohnung nicht derselbe behagliche Ort, der sie am Mittag war oder am Abend, wenn Oma die Decke um meinen Körper legte und mir eine gute Nacht wünschte. Morgens lag das Licht weißer und sezierender auf den Wänden, den Möbelstücken und uns Menschen, und auch die Gegenstände selbst wirkten körperlicher, härter, tatsächlicher auf mich. Wie Zahlen. Wie Zahlen, die die Lehrerin an die Tafel schrieb und die Unverrückbares, Faktisches bezeichneten: Ein Tisch, drei Stühle, ein Auto, zweiundzwanzig Kinder. Drei Kinder plus vier Kinder ist gleich sieben Kinder. Das war die Logik des Morgens, die Logik des weißen Lichts. Man hatte den Schulranzen zu packen, die Hefte zu sortieren, weil man sie später im Klassenzimmer wieder würde auspacken müssen. Es war die Logik der Pflicht und des Ausgeliefertseins.

Finster war es, das weiß ich noch. Oma brachte mich zur Tür, nicht, wie sonst, zur Wohnungstür, nein, wir fuhren sogar mit dem Lift noch hinab zur Haustür. »Haben wir gestern nach Post geschaut, Andi?« fragte sie und schüttelte zur Antwort bereits den Kopf. »Na siehst du!« Dabei war ich doch schon groß ...

Zurückblickend habe ich den Eindruck, dass die Angst des Kindes allumfassend ist. Sie weiß wenig vom Leben, von seinen Gefahren, nimmt aber jede spätere, konkretere Furcht vorweg, die vielleicht nur noch eine Einschränkung des ursprünglichen Grauens ist. Die Angst des Kindes ist der Weltentwurf, der als einziges Gesetz den Schrecken akzeptiert. Diese Ahnung, dieses düstere Lebensgefühl könnte globaler nicht sein: Es ist so mächtig wie die Fantasie, die es bedrängt. Ein religiöser Mensch würde vielleicht schreiben: Die Angst des Kindes ist sein eingeborenes Wissen um Satan und die Existenz der Hölle.
Manchmal ging ich mit Toni zusammen; das hatte mir anfangs geholfen. Jetzt aber fürchtete ich eher, auch von ihm noch entdeckt zu werden – das spürte er wohl. In diesen Tagen war er krank. Schon zu Wochenbeginn hatte mich Frau Santori abgewiesen. »Toni hat Masern«, hatte sie behauptet und sich mit dem Finger unsichtbare Punkte ins Gesicht gemalt. »Da musst du schon allein in die Schule gehen.« Und sie hatte die Tür vor mir zugemacht.
Oma winkte mir noch zu. Die Laterne schimmerte fahl, der schmale Fußweg vom Hauseingang zur Garagenauffahrt dagegen lag im Dunkeln, kaum mehr hoben sich die Steinplatten vom Gebüsch ab, das sie zu beiden Seiten einfasste. Das Brummen und Surren des Garagentors wurde hörbar: Licht zweier Scheinwerfer flammte auf und glitt neben mir die Schräge zur Straße hinauf. Ich grüßte. Herr Wagner hinter seinem Lenkrad aber sah mich gar nicht und bog rechts in die Fahrbahn ein.

Warum Oma so vergnügt war? Ich kannte selbst das Gefühl des Aufbruchs, wenn man sich vor Tagesanbruch ausmalte, was alles man unternehmen könnte: In den Zoo gehen zum Beispiel oder im Garten spielen oder durch die Apfelplantage streifen und Höhlen und verborgene Gänge entdecken. So war es früher gewesen. Heute war ich ein Gefangener anonymer Pflichten und begegnete Menschen, denen ich in Freiheit unter allen Umständen nur aus dem Weg gegangen wäre.

Ich überquere die Straße. Drüben führte zwischen Obstgärten und bebauten Grundstücken ein Weg auf den Kindergarten zu und an ihm vorbei weiter in Richtung meiner Schule. Ich blieb stehen. Zwar war der Weg reichlich in kaltes Laternenweiß getaucht, doch boten Hecken und Bäume zu beiden Seiten des Pfads genügend Unterschlupf: Drei Hauptschüler hatten mir hier aufgelauert und mich hinüber zur Wiese gezerrt. Auch an diesem Tag, so wusste ich wohl, würde ich mich lieber quälen lassen als zu schreien, ich war stolz. Wenn der Gequälte endlich – nach Minuten vielleicht, nach Stunden? – forttaumelt, weil zu rennen ihm der Mut fehlt und der verzweifelte Kampf um die eigene Achtung es noch immer verbietet, so rufen sie ihm Drohungen hinterdrein oder Beleidigungen; vielleicht lachen sie nur.

Die Schule, die ich damals besuchte, nannte sich Grund- und Hauptschule. Das bedeutete, dass zwar fast alle jüngeren Kinder der Umgebung hier ihre ersten vier Schuljahre absaßen, die meisten von ihnen aber auf weiterführende Schulen wechselten. Den zurückbleibenden Schülern vermittelte dies womöglich ein Gefühl eigener Unterlegenheit; vielleicht entwickelten sie offenen Hass auf »Lehrer- und Anwaltssöhnchen«, ich weiß es nicht. Gab ich ein besonders geeignetes Opfer ab? Weil ich schmächtig war, schüchtern, weil ich schwieg, wenn man mich anrempelte? Frau Beck hatte meine Oma »Frau Doktor«

genannt. War ich ein Privilegierter, war meine Oma reich, ich selbst ein Streber?

Noch immer zögerte ich. Es blieb die Möglichkeit, der Straße zu folgen, das ganze Kindergartengelände zu umgehen und weit unten an der Kreuzung in die Hauptstraße zu biegen, die schließlich ebenfalls auf meine Schule zuführte. Ich ballte in meiner Tasche die Faust und holte tief Luft. Einen von ihnen, er hieß Lars, hatte ich vor Jahren kennengelernt. Ich war sogar bei ihm zu Hause gewesen. Weil er älter war als ich und mir sein Zimmer erklärt hatte, hatte ich zu ihm aufgeblickt. Die übergroßen farbigen Poster an den Wänden entstammten einer mir ganz fremden Welt, während seine Sammlung von Fußballbildern mir schlichtweg ungeheuerlich zu sein schien. An diesem Nachmittag waren wir Freunde geworden: zum Abschied hatte er mir das Foto eines bekannten Spielers geschenkt. »Der trifft immer«, hatte er mehrmals wiederholt. Ich hatte die Fotografie vorsichtig in meiner Hose verschwinden lassen und mir im Stillen vorgenommen, fortan ein Fußballfan zu sein.

Jetzt war Lars einer von denen geworden. Noch immer wusste ich, wo er wohnte, doch war ich seit Jahren nicht mehr dort gewesen. Ob er sich noch an unsere Freundschaft erinnern konnte? Die beiden anderen kannte ich nur durch ihre Attacken auf mich, sie waren Angreifer. Weil die Einbildungskraft des Kindes Schrecken absolut setzt, waren sie die Herren der Welt: Die Herren in einer Welt der Angst. Hinüber zu den Käfigen hatten sie mich gezerrt. Hatten mich zusammengefaltet wie eine Puppe. Hatten den Körper hineingepresst und die Drahtwand in den Verhau wieder eingesetzt. Ihre Gesichter, ihr Atem ganz nah an meinen Händen, meinen Armen, meinem Ohr: »Sag, dass du unser Diener sein willst, Andi!« War zu diesem Zeitpunkt aus meiner Bewunderung schon Verehrung geworden? Der Mund war so trocken gewesen, kein Wort hätte ich herausbringen können. »Sag es.« Ein fremdes Auge ist näher an meinem Gesicht, als jemals das Auge eines Menschen einem anderen gekommen ist: Ich liege unter einer Lupe. »Friss, Häschen, friss!« Sie wollen mir ein Hundehalsband umlegen und mich wie einen Dackel herumführen. Sie wollen mich anschauen, wollen mein Gesicht sehen, während einer von ihnen die Hose öffnet, um in meinen Käfig zu pissen. Sie wollen, dass ich mich bei ihnen bedanke. Sie wollen den Käfig anheben und mich umhertragen. Sie wollen mir alles zeigen. Den Nachbargarten. Den Teich. Wollen mir den Keller zeigen. Wollen neben mir in der Wiese liegen und mich sprechen hören: »Ich bin euer Diener. Ich werde alles tun, was ihr mir sagt.« Sie verstehen was vom Foltern, man muss es ihnen nicht beibringen: Auch ihre Fantasie ist lebhaft.

Lars ist das Mitleid, das sich nicht äußern mag. Sein unruhiger Blick brennt mir die Scham ein: Wer lacht, hat Tränen in den Augen, wer die Augen schließt, wird dennoch gesehen. Immer wird man gesehen werden. Was einmal geschehen ist, wird nie vergessen werden. Sie wollen einen Fußball neben meinen Körper in den Käfig pressen. »Hast du nicht erzählt, unser Kleiner sei Fußballfreund?« wendet sich der Anführer an das Mitleid. Und wieder öffnet sich über mir der schon restlos angefüllte Drahtverschlag. »Rein damit!« tönt der Anführer und presst mir den Ball in den Nacken.

Das Licht war weiß. Es war noch immer Nacht. Vom Kindergartengelände her war helles Lachen zu hören. Dann standen sie vor mir. Drei Kindsoldaten. Mir hämmerte das Herz, ich stand wie gelähmt. Da legte sich mir eine Hand auf die Schulter.

»Was will denn die Alte hier?« murmelte der Anführer seinen Begleitern zu. Die Gier flüsterte zurück: »Das ist seine Oma...«

Nur das Mitleid stand etwas abseits, dachte vielleicht an bunte Poster oder an Fußballbilder. »Der geht wohl immer mit seiner Oma in die Schule, was?« fragte der Anführer. Ein Tritt nur, so kommt mir plötzlich in den Sinn, und Oma würde zu Boden fallen. Er ist viel größer als ich. Omas Füße, wenn sie nachts über den Teppichboden schlurft, sehen sehnig aus und etwas rot und dunkle Adern stehen hervor. Sie braucht doch sogar einen Stock zum Gehen! Eine so heftige Angst überkam mich, dass ich zu zittern begann. Mit den Fingern umklammerte ich ein Stück ihres Mantels. Er darf ihr nichts tun!, dachte ich und empfand doch bereits die Hilflosigkeit dessen, der dem geliebten Menschen nicht helfen kann. Von allen Qualen ist dies die schlimmste: Der Not des geliebten Menschen zusehen zu müssen, ohne eingreifen zu können. Ohne aufzublicken, sah ich Omas Gesicht vor mir, ihr Lächeln, ihr weißes, vom Kopf stehendes Haar. Ihre Hand umfasste ruhig und warm meine Schulter. Der Junge vor mir lächelte höhnisch.
Da stürzte ich nach vorn. Riss den Kerl mit mir zu Boden. Schrie und trommelte mit den Fäusten auf ihn ein, schlug wahllos in seinen Bauch, hämmerte gegen die Schultern, schlug in sein schon blutig sich verfärbendes Gesicht hinein. Jetzt war er überwältigt, ohne sich überhaupt gewehrt zu haben. Ich kniete auf ihm, noch immer keuchend, und blickte zu seinen Begleitern auf. »Ihr werdet ihr nichts tun!« rief ich unter Tränen und versetzte ihrem Anführer einen weiteren unbarmherzigen Schlag auf die Schläfe. Sie traten zurück. Das Mitleid sah unschlüssig und wie ertappt zu Boden. Im nächsten Moment waren beide verschwunden. Der Junge, auf dem ich kniete, rührte sich nicht.
Ich sprang auf. Die Angst überkam mich wieder. »Ist ihm was passiert?« stammelte ich immer wieder. »Ihm ist doch nichts passiert …« Ich packte Oma bei der Hand und weinte schon

ganz ungezügelt. Ich war doch ein Kind, war doch nur ein Kind!

Oma trat neben den Jungen, der am Boden lag. Mit Mühe beugte sie sich nach vorn und streckte die Hand nach dem Kerl aus. Der Junge öffnete mit einem Ausdruck der Verwunderung die Augen, wagte aber nicht, sich jetzt noch zu wehren. Mit Mühe richtete Oma sich wieder auf. »Das ist nicht so schlimm«, sagte sie und nickte bestimmt mit dem Kopf. Sie bedeutete dem Jungen aufzustehen und wischte ihm mit dem Taschentuch das Gesicht ab. »Willst du einen Tee, mein Junge?«

Der Morgen dämmerte bereits, als wir die Stufen des Hochhauses hinaufstiegen. »Möchtest du nicht heut zu Haus bleiben?« fragte sie mich. »Ich mach Tee und später les ich dir was vor. Und heut Mittag machen wir einen Bummel, willst du das? Hast schließlich schon genug gearbeitet in der letzten Zeit...«

Der fremde Junge trottete mit gesenktem Kopf hinter uns her.

»Ich ruf bei deinem Lehrer an, wenn du das willst«, rief Oma ihm über die Schulter zu. »Ihr musstet einer alten Frau eben noch nach Hause helfen.« Bei diesen Worten lächelte sie.

VI

Niemand hatte davon gewusst. Niemand hatte aus den unverständlichen Andeutungen meiner Urgroßmutter Konkretes herausgelesen. Die Dokumente aber, die jetzt vorgelegt wurden, waren unanfechtbar: Die kleine Familie, der Deserteur, Onkel Theo und die ›Gouvernante‹: sie hatten das Haus zu räumen. Punktum. In wessen Besitz es übergegangen war, weiß ich nicht, noch auch, unter welchen Umständen es die Urgroßmutter verkauft hatte. Fremde Männer in Jacketts und Krawatten besichtigten das noch immer herrschaftliche Gebäude, begutachteten den Zustand der Wände, der Böden, der sanitären Anlagen, schrieben Notizen in kleine Hefte und setzten die Frist bis zur Übergabe fest. Am Nachmittag begaben sich der Deserteur und meine Oma in die Dachstube der Verstorbenen und durchsuchten nun ihrerseits die Schubfächer des mächtigen Schreibtisches. Ein Wust alter Dokumente stapelte sich hier; längst abgelaufene Reisepässe steckten zwischen Briefseiten, tagebuchartige Skizzen meines Urgroßvaters lagen neben Redemanuskripten und Kinderzeichnungen, Ahnentafeln mit amtlich bestätigten Ariernachweisen waren unter alten Haushaltsaufstellungen und Einkaufszetteln vergraben. In einem zerknitterten Ordner endlich entdeckte man die Zweitschrift einer Verkaufsurkunde, unterschrieben und gegengezeichnet.

Am Abend saßen die Erwachsenen zum Familienrat zusammen. Die vier Kinder wussten, dass sie schlafen sollten. Sie drückten ihre Köpfe in die Kissen, unfähig, zur Ruhe zu kommen. Sie tuschelten miteinander. Vielleicht malten sie sich Streiche aus, die noch nie gespielt worden waren: »Ich wäre der Hausmeister ...« – »Ich wäre der Einbrecher ...«

Sie ahnten, dass erneut sich die Welt vor ihren Augen verändern, verzerren würde, ihre Matratzen schwankten wie auf einem Schiff. Zu welchem Zeitpunkt es ablegen wird, ist fraglich, wohin die Reise gehen wird, ungewiss.

Wann meine Oma den Deserteur zum letzten Mal sah, hat sie mir nicht erzählt. In ihrem Familienalbum befand sich eine Fotografie des Mannes, aufgenommen zu einer Zeit, da sein Gesicht jung und hübsch war, sein Lächeln zuversichtlich, noch nicht verzerrt durch die Hitze des Krieges. Auf diesem Bild trug er Soldatenuniform, stand gerade und blickte stolz und neugierig auf den Betrachter, sei er Freund, sei er Feind, sein Stand war sicher.

Ob er meine Oma geliebt hat? Er war jünger als sie. War kein Architekt, er war Deserteur. Begegnete forschenden Blicken nicht mehr herausfordernd, sondern blinzelte schlau, er war misstrauisch. Woher er das Geld nahm, das er meiner Oma wieder und wieder auf den Küchentisch legte, wusste nur er – und schwieg darüber. Das auf berlinerische Art schnoddrig hingeworfene »Schnickschnack«, mit dem die Krankenschwester Bedenken gegen ihn zurückwies, schützte ihn, nahm ihn auf. Der ›pater familias‹ – war er es nicht wirklich gewesen in diesem Haus, seiner noch immer nicht ganz verflossenen Jugend zum Trotz, in der sein Idealismus bisher außer Jubeln und Kämpfen keinerlei Aufgaben gekannt hatte?

Er war der erste, der verschwand. Ohne eine Nachricht zu hinterlassen, eine Anschrift oder auch nur den Namen eines Verwandten. Wahrscheinlich hatte er kein Ziel mehr. Als zweites verschwand das Kindermädchen: Lotte starb in demselben alten Haus, in dem schon ihr »gnädiger Herr« und, Jahrzehnte später, meine Urgroßmutter verstorben war. Nur Onkel Theo begleitete meine Familie weiterhin. Bis weit in die 60er-Jahre hinein klopfte er behutsam seinen dicken Bauch, lächelte altersmilde und proklamierte lateinische und altgriechische Sätze, wann immer deren Weisheit ihm die letzte Antwort schien, die man den Fragen des Lebens noch entgegen halten konnte. Was heißen soll: Er rezitierte ohne Unterlass. »Odi et amo«, »Ceterum censeo«, »Si tacuisses, philosophus mansisses« …

Bin heute den ganzen Tag im Haus gewesen. Habe gelesen, ein paar Zeilen geschrieben, zwar regnet es nicht mehr, es ist aber doch noch immer bewölkt. Erst gegen Abend ging ich hinaus. Der Himmel war zweigeteilt: Über dem Meer funkelten Sterne, während landeinwärts eine düstere Wolkendecke über der Erde lag, am Horizont zuckten Blitze. Die Grenze verlief direkt über dem Dorf; das Unwetter zieht ab.
Unschlüssig stand ich vor der Tür der Dorfkneipe. Durchs Fenster konnte ich den jungen Kellner sehen, der Pierre das Wasser übers Hemd gegossen hatte. Er hockte breitbeinig auf einem Barhocker hinterm Tresen. Der Raum war fast menschenleer; nur zwei Männer in Anzügen saßen an meinem Ecktischchen und tranken Wein. Der Tonkrug stand in der Mitte der Tischplatte, gerade hoben sie die Gläser und stießen an. Ihre Wangen waren blaurasiert, die Haare kurz geschnitten und am Kopf anliegend: zwei Geschäftsmänner vielleicht, Handlungsreisende, die die Nacht im Dorf verbringen wollten. Der Kellner, der sich unbeobachtet glaubte, fuhr mit der Hand über die Innenseite seines Schenkels bis zu jener Stelle hinauf, wo die Nähte der beiden Hosenbeine zusammenlaufen. Er wiegte den Kopf. Eine Windböe strich mir übers Gesicht und verfing sich im Laub einer Platane. Grillen zirpten. Von fern war ein Auto zu hören.

Die beiden Geschäftsmänner steckten die Köpfe zusammen und tuschelten. Einer der beiden strich mit dem Zeigefinger wie über eine Landkarte über die gemaserte Tischplatte, der andere folgte mit den Augen der Bewegung. Zwei Straßen schneiden sich, jetzt deutete der Finger auf ein Haus und fuhr dann entlang der Straße weiter in Richtung Strand: die zweite Hand symbolisierte mit flatternden Fingern das Meer. Wäre ich selbst am Tisch gesessen, hätte ich gern mit der Faust die Sonne dargestellt, die über der Welt steht, oder einen fahlen Mond; wir verstehen uns auch ohne Worte. Der Kellner war jetzt in sich zusammengesunken, die Arme ruhten auf den Schenkeln, seine Augen waren halb geschlossen.
Dr. Grenue trat aus der Tür mit der Aufschrift ›Toilettes‹ und ging auf den Ausschank zu. Er ist ein kleiner Mann. Wie er jetzt die Arme auf den Tresen legte, sah es fast so aus, als versuche er hinaufzuklettern. Er rückte seine Brille auf der großen Nase zurecht und bestellte ein Bier: zeigte mit der Hand auf die Zapfanlage und ahmte sogar die Bewegung nach, mit der man den Zapfhahn umlegt. Der Kellner nickte träge und rückte den Barhocker nach vorn. Krümmte den Oberkörper, um ein Bierglas zu erreichen, das umgedreht neben dem Spülbecken stand, und begann zu zapfen. Dr. Grenue fuhr sich mit beiden Händen über die Glatze und hinab bis zum Nacken. Ein seitlich vom Kopf abstehender Haarkranz ließ sich nicht bändigen. Er wies mit der Hand auf sein Knie, rieb es und verzerrte wie vor Schmerz das Gesicht. Der Kellner blickte zu dem Arzt hinüber und nickte noch einmal schwerfällig mit dem Kopf. Einer der Geschäftsmänner zog aus dem Jackett eine Zigarettenschachtel und hielt sie seinem Begleiter hin. Gemeinsam beugten sie sich über ein aufflammendes Feuerzeug. Rauchschwaden schwappten über die Ränder ihrer Lippen und vereinigten sich über dem Tisch. Die Männer lehnten

sich in ihren Stühlen zurück. Einer der beiden lachte. Ich griff in meine Hosentasche, zündete nun selbst eine Zigarette an und inhalierte den Rauch. Von irgendwoher waren Stimmen zu hören.

Der Kellner stellte das schäumende Bierglas vor den Alten auf den Tresen. Dr. Grenue leckte sich die Lippen und griff nach dem Glas. Er hob es vor dem Kellner in die Höhe. Dann führte er es zum Mund und trank. Als ich plötzlich von hinten anschwellende Stimmen hörte, machte ich mich von dem Anblick los. Ohne mich umzuwenden, trat ich auf die Tür zu und war im nächsten Moment schon selbst Teil der Szenerie: Musik lief, eine Frauenstimme sang Chansons.

Durch dicke Brillengläser hindurch musterte mich der Arzt. Er lächelte. »Monsieur Paulhofer«, sagte er. – »Bon jour«, sagte ich. In meinem Rücken wurde die Tür erneut geöffnet und eine Gruppe von Menschen trat herein: Pierre und eine der älteren Frauen, ein Mann, den ich vom Boulespielen kannte, nur Isabelle blieb unschlüssig auf der Türschwelle stehen. »Alors, alors«, rief Pierre lachend und zog seine Nichte in den Raum hinein. Die Tür fiel ins Schloss. Das Anschwellen der Stimmen erfolgte derart plötzlich, dass es mich etwas schwindelte.

Dr. Grenue klopfte mir mit der Hand auf die Schulter.

Pierre lachte und bestellte Wein.

Die Geschäftsmänner tuschelten.

Die ältere Frau versuchte Pierre zu zügeln.

Pierre legte einen Arm um ihre Schulter und drehte sich mit ihr im Kreis.

Isabelle stand neben der Tür.

»Wein!« rief Pierre immer wieder.

Der Kellner stand von seinem Barhocker auf und hielt einen Korkenzieher in der Hand.

Isabelle sah mich kalt und abschätzig an.

»Was ist mit dem deutschen Jungen?« fragte ich. »Geht es ihm besser?« – Dr. Grenue richtete sich auf.

Die Geschäftsmänner zwinkerten einander zu.

Die ältere Frau hielt sich den Kopf.

Der Kellner entkorkte eine Flasche.

Dr. Grenue zog mich mit sich ein Stück zur Seite.

Die Geschäftsmänner erhoben sich von ihren Stühlen.

Der Kellner stellte Gläser auf den Tresen.

Der Boulespieler flüsterte der Frau etwas ins Ohr.

»Machen Sie sich keine Sorgen«, sagte Dr. Grenue auf deutsch. »Er ist schon fast wieder gesund.«

Isabelle hob die Hand und wollte sie ihrem Onkel auf die Schulter legen.

Die Geschäftsmänner kamen auf mich zu.

Der Kellner goss Wein in die Gläser.

Pierre fuhr herum.

Er schüttelte Isabelle ab.

Er wandte sich zum Kellner.

Er rief: »Du bist ja selbst nur scharf auf sie.« Er rief: »Ein verdammter Lügner bist du!«

Dr. Grenue fuhr sich mit der Hand über den Kopf.

»Onkel Pierre«, flüsterte Isabelle eindringlich.

Pierre griff nach Dr. Grenues Bierglas.

Die Geschäftsmänner standen neben mir. Sie packten mich an den Armen.

Pierre goss dem Kellner das Bier über den Kopf.

»Er will Sie sehen«, murmelte Dr. Grenue.

Die Männer zerrten mich zum Ausgang. »Sind Sie der Deutsche?« zischte einer der beiden mir ins Ohr.

Die Frau begann zu kreischen.

Pierre hob lachend ein Weinglas in die Höhe und prostete dem

Kellner zu. Dem Kellner stand der Mund offen. Durch sein Haar rann Bier.
Isabelle stellte sich uns in den Weg.
Dr. Grenue bestellte ein neues Bier.
»Ist das dein Liebhaber?« stieß einer der Geschäftsmänner aus und drängte Isabelle zur Seite. »Elende Schlampe!«
Vor uns öffnete sich die Tür. Drei Männer aus dem Dorf kamen herein.
Isabelle hielt einen Stuhl in der Hand.
Ich versuchte mich zu befreien.
Die Männer waren stark.
Pierre stürzte herbei, hinter ihm der Kellner. Der Lärm war ohrenbetäubend.
Ein Schlag dröhnte durch meinen Körper.
Dann wurde es dunkel.
Sie brachte mich nach Hause. Wir küssten uns. Durchs Fenster strich warme Luft herein.
Wir lagen im Bett. In unserer Umarmung löste sich alles um uns her auf. Ich werde abreisen, dachte ich einmal. Da war es schon fast Morgen.

»Das waren Jeans Leute«, sagte Isabelle beim Frühstückstisch. »Er hat sie geschickt.« Ich sah sie fragend an. – »Du weißt doch – mein früherer Chef. Sie sind aus Paris gekommen.« Ich rieb mir den Nacken an der Stelle, an der der Stuhl auf mich niedergegangen war. »Ich wollte dich ja nicht treffen, Andreas«, druckste Isabelle. »Wenn sich der Kerl nicht genau in diesem Moment umgedreht hätte, dann —«
Wir lächelten uns an.

Oma wollte immer ans Meer fahren. Manchmal sagte sie: »Im Sommer fahren wir ans Meer. Willst du das, Andi?« Wir sind aber nie gefahren. Vielleicht traute sie sich die weite Reise nicht mehr zu. Manchmal erzählte sie aber, wie sie mit ihren eigenen Kindern, früher, früher einmal ans Meer gereist war. Selbst Onkel Theo soll bei diesem Urlaub dabei gewesen sein und den Kindern über die Bedeutung der Schifffahrt für das deutsche Imperium erzählt haben. Meine Mutter ist im Meer sogar zum ersten Mal geschwommen, nicht etwa in einem See oder wie ich selbst im Schwimmbad. Freilich war sie zu dieser Zeit auch schon kein kleines Kind mehr.

Wann die Familie ihren ersten Fernseher aufstellte, weiß ich nicht. Da wohnten Onkel Theo, meine Oma und die vier Kinder aber schon in einer Dreizimmerwohnung, die vom Geburtshaus meiner Oma eine halbe Tagesreise weit entfernt lag. Das erste Radiogerät war ein Wunder gewesen. Der Fernseher aber? Ob sie die Übertragungen der Fußballländerspiele gesehen haben, in jenem Jahr, als die deutsche Mannschaft Weltmeister wurde? Dabei interessierte sich Oma gar nicht für Fußball. Oder schaffte man das teure Gerät erst später an? Über Vernichtungslager jedenfalls wurde im deutschen Fernsehen nicht berichtet. Nicht über Mörder, nicht über Mord und Deportation, so viel steht fest. Kein Wort dazu, keines. Auch Oma hatte bis zu ihrem Lebensende ein Faible für Berg- und Heimatfilme.

»Willst du ans Meer fahren, Andi?« fragte Oma manchmal. Wir sind aber nie gefahren.

Als sie alt wurde, saß Oma oft vor dem Fernseher. Eine Decke um die Beine geschlagen, den Körper in die Formen des Sessels förmlich hineingegossen, so hockte sie vor dem Bildschirm, manchmal lag noch eine Zeitschrift oder ein Buch auf den Knien, mitunter schlief sie auch, wenn ich nachmittags nach Hause kam. Ich schlich leise auf sie zu und schaltete den Fernseher aus. Ihre Hände lagen auf den Armlehnen, der

Kopf war weit nach vorn auf die Brust gesunken und hob und senkte sich langsam und gleichmäßig. Draußen schien die Sonne, durch die gläserne Balkontür konnte ich einen Teil des Gartens sehen, die Felder, in denen ich noch immer spielte, und ein Stück blauen Himmels. An der Balustrade hingen Blumentöpfe, Oma hatte Tomaten angepflanzt und rote Geranien. Plötzliche Trauer überkam mich. Es war so still in der Wohnung, so still im ganzen Haus. So still. Ich nahm ihre Hand. Langsam öffnete sie die Augen. »Du bist das, Andi?« brachte sie hervor. Behutsam richtete sie den Oberkörper auf. »Ich wollte ja kochen ...« murmelte sie. Und begann schließlich zu lächeln, auf ihre spöttische, selbstironische Art. »Ich muss wohl eingeschlafen sein!«
Beim Essen sagte sie: »Ich würde gern noch mal ans Meer fahren, Andi. Du hast ja noch nie das Meer gesehn, mein Junge.«
Eifrig nickte ich.

Ein herrlicher, heißer Tag. Am Abend schwamm ich hinaus und erreichte in weitem Bogen die Höhle. Ich hätte noch viel weiter schwimmen können, mechanisch, zielgerichtet, an manchen Tagen ist es ganz mühelos. Das Wasser war kühl. Die Sonne brannte auf die Erde. Die Dürre ist nach dem einen Regenschauer gewiss noch immer nicht überwunden: Isabelle hat mir am Morgen von Waldbränden erzählt, die in der Nähe der Küste ausgebrochen sind.
Ich kletterte über das Geröll an Land, die Statik des festen Grundes nach all dem Schweben und Schwanken auf den Wellen erzeugte ein Schwindelgefühl: Einmal verlor ich das Gleichgewicht und fiel zurück ins Wasser, in dem ich hockte wie in einer Badewanne.
In der Grotte war es kühl und feucht. Das Geräusch der he-

ranrollenden Wellen hallte von den Wänden wider. Ich setzte mich in den Eingang und sah aufs Meer hinaus: Eine Orgie von Licht und Bewegung. Sonnenstrahlen blitzten von allen Richtungen her aus dem Wasser auf, während vor mir eine ganze Schneise von Licht das Meer teilte bis zum Horizont.
Ich sah mich in der Höhle um. Scherben lagen auf dem Boden, ich schnitt mir der Länge nach in die Fußsohle. Blut quoll aus der Wunde. Nah dem Eingang lagen die Überreste einer Plastiktüte. Wie Isabelle es mir erzählt hatte, fiel die Höhle zunächst steil in die Tiefe – in der Senke stand eine breite Pfütze, aus der ein spitzer Felszacken in die Höhe ragte –, stieg dann aber wieder an und lief, sich verengend, auf ein unüberwindliches schmales Winkelchen zwischen zwei Felsbrocken zu. Es roch nach Fisch.
Ich durchquerte die Pfütze und untersuchte die Wände. Licht drang nur spärlich vom Eingang hierher. Namen waren in den Fels geritzt: André, Monique. Ein Herz. Je weiter ich ging, desto weniger war zu erkennen. Ich kauerte mich auf den Boden und versuchte mir eine Flut vorzustellen, hereindringendes Wasser, gurgelnde Wogen. Der Name Arno kam mir in den Sinn, doch nur als ein diffuser Klang, ich kannte den Jungen ja gar nicht. Nicht einmal sein Gesicht konnte ich mir vorstellen.
Ich stand auf, watete durch die Pfütze, schlenderte zum Rand der Höhle zurück. Die Sonne stand dicht über dem Horizont, rot funkelte das Meer. Ich kletterte über einen Steinbrocken und stieg vorsichtig ins Wasser.
Die Kälte konnte die Leere in mir nicht vertreiben. Ich wollte an Leonora denken, doch war es, als hätte ich sie nie gekannt. Ist es möglich, dass ich alles vergesse, alles, dass ich meine Bilder verliere, die letzte Ahnung von Zugehörigkeit? Ich schwamm ruhig, gleichmäßig, sah die roten Schlieren von Sonnenlicht im Wasser schwanken, sie reichten bis zum

Meeresgrund hinab. Ich wollte untertauchen, kam aber kaum einen Meter weit. Keuchend schwamm ich weiter. Ein Ruderboot schaukelte auf dem Wasser. Ich hatte keine Lust zu reden, also wich ich ihm aus. Wenn ich am Abend meine Aufzeichnungen durchstöbern werde, werde ich nicht mehr wissen, wer gemeint ist, dachte ich: Oma. Leonora. ›Ich‹. Ich werde mein Deutsch verlieren und als ein stummer Halbirrer Boulekugeln apportieren, die man mir hinwirft. Ich musste lachen und schluckte etwas Wasser. Ich hustete. Weit unter mir hatten sich Schatten über den Meeresboden gelegt.
Ich war wohl fast einen Kilometer von der Stelle am Ufer entfernt, von wo ich vorher zur Grotte aufgebrochen war. Durch meine Schwimmbrille waren kaum Einzelheiten zu erkennen, wohl aber sah ich weit unter mir als dunkle Umrisse Fische und unterschiedlich bewachsene Geröllbrocken. Die Sonne war im Ozean versunken, das Meer aber, anstatt jetzt selbst rot zu glühen, versank bereits in seiner Nacht. Ich versuchte, einen gleichmäßigen Schwimmrhythmus zu finden, geriet aber immer häufiger außer Atem. Ich drehte mich auf den Rücken und ruderte mit den Beinen. Die Weite des Himmels war überwältigend. Mit Leonora bin ich nur einmal im Dorf gewesen, kam mir in den Sinn, wir waren auf der Durchreise. Jetzt war mir, als müsse mir noch etwas einfallen, ein Wort vielleicht, eine Geste, ein Hinweis, der mir alles erklären würde. Der Tod ist banal, dachte ich dann, ich spürte das Wasser meinen Körper heben und senken, während der tiefblaue Himmel sich mir durch keinerlei Bewegung zu erkennen gab. Wie gerne wäre sie noch länger geblieben. Als wir damals auf einem der Plätze mit den Boulespielern ins Gespräch gekommen waren, sagte sie: »So will ich auch einmal leben, wenn ich alt bin. Spielen. Fischen.« Überhaupt wollte sie gern am Meer leben, oder in einem Wald am See. Das hat sie mir später noch

oft erzählt, es war unser Traum. Weit unter mir schwankte das Leben und schlängelte sich in düstere Winkel. Wenn ich den Kopf in den Nacken legte, konnte ich für kurze Momente ein Stück vom Festland erkennen.
»Hätte ich nur noch einmal mit ihr reden können«, flüsterte ich, »nur ein einziges Mal!« Sie ist aus dem Bewusstsein gerissen worden von einem Moment zum nächsten, das Quietschen der Reifen, ein jäher Schlag, Klirren von Glas: –.
Um den Anblick des Himmels nicht länger ertragen zu müssen, drehte ich mich in die Bauchlage zurück. Ich schwamm hastig und atemlos, die Augen fest zugekniffen. Das Bild der beiden Geschäftsleute drängte sich mir auf, Dr. Grenue, Isabelle, ich spürte, wie Übelkeit in mir zu arbeiten begann. Ich schnappte nach Luft, schluckte Salzwasser, wurde von konvulsivischem Husten geschüttelt. Ich muss abreisen, noch morgen!, dachte ich und hielt mir die Stirn. Das Rumoren des eigenen Würgens klang mir in den Ohren. Ich versuchte mich zu beruhigen, mein Körper so weit über dem Grund, ich sah die eigenen weißen Beine, zuckend, ohne Halt, und tief drunten das schon schwarze Grün des Algenfeldes. Ich schluckte den immer rascher sich bildenden Speichel, das Wogen und Schwanken des Meeres wiegte meinen Körper. Ein paar Züge schwamm ich noch, dann kämpfte ich wieder gegen einen jetzt schon fast übermächtigen Brechreiz an. Warum bin ich überhaupt hergekommen?, dachte ich, warum?, und wieder stand mir kurz das Bild Leonoras vor Augen, unser Gespräch damals im Dorf, wir waren von Spanien aus nach Deutschland gereist, hatten hier im damals noch bestehenden Hotel Peridot zwei Nächte verbracht, waren einmal auch den Strand entlang gegangen, jetzt konnte ich ihn durch die beschlagenen Brillengläser nicht mehr erkennen. Ich nahm die Brille ab, eine Woge fiel mir ins Gesicht, keuchend schlug ich mit den Armen ins

Wasser. Jetzt erkannte ich, dass ich nicht etwa gerade auf mein Ziel zu, sondern parallel zur Küste, vielleicht sogar im Halbkreis geschwommen war. Tränen rannen mir aus den Augen. Sollte ich zurückschwimmen zur Höhle? Ich drehte mich im Kreis, fuhr herum, da hörte ich die Stimme des Fischers in meiner Nähe. »Wollen Sie an Bord kommen?« rief er und legte sich schon in die Ruder und kam auf mich zu.
Er hielt mir den Arm hin und zog mich in sein kleines Boot. Dann fiel ich auf die Planken, das Boot schwankte, er aber hielt das Gleichgewicht und lächelte mich an. »Sie sind weit geschwommen«, sagte Pierre. Ich nickte. An meiner Fußsohle hatte sich eine bläulich aufgeschwemmte Narbe gebildet. Ich schloss die Augen.

Ich muss wohl eingeschlafen sein. Als Pierre mich anstieß und ich hochschreckte, zog sich mein Magen zusammen. Die Hand vor den Mund gepresst, taumelte ich aus dem Boot.

Dass es an der Tür klingelte, bemerkte ich in meinem Schlaf. Auch, dass ich mich im Bett aufsetzte. Das Zimmer lag im Halbdunkel. Nichts entging mir, ich sah die eigenen Hände auf der Bettdecke liegen; die Zimmertür stand offen; ein Luftzug drang durchs Fenster und strich über meine Haut: Sommerabend. Durch alle Gegenstände floss ein leichter Schauer, wie Wasser. Mein Zimmer schien zu beben und war doch überwirklich starr: die Mauern, das geöffnete Fenster, die Tür, die Schatten auf dem Fußboden. Etwas näherte sich mir, ich konnte es spüren in all dem leisen Wogen. Ich hörte es erneut klingeln, tastete neben mir im Bett, wusste, dass ich schlief, Leonora war tot, sie würde mich nicht mehr wecken, wie ein Sog verstärkte sich das Fließen der Umrisse um mich her, verzerrte die Wände, das Bett, während die ganze Szenerie dabei so hart und festgefügt stand, als sei sie kaltes Metall. Ich schrie auf, wusste, dass ich schrie, hörte das Klingeln an der Tür, hielt mir den Kopf, wusste, dass die Frau dort draußen mich gehört hatte, ich sah meine Finger sich in die Decke krallen. Etwas floss durch den Türspalt auf mein Bett zu, ganz leicht, durch meine Bilder, meine Wahrnehmung, mein Zimmer hindurch, erfasste schon den Rand meiner Decke, meine Füße, ich spürte meine Beine strampeln und treten, die aufgerissenen Augen auf meinen kämpfenden Körper gerichtet, ich schrie, schrie – bis ich erwachte.

Ich stand auf. Mein Kopf schmerzte heftig, mir war schwindlig. Ich ging die Treppen hinab zur Haustür und erklärte Isabelle, dass ich geschlafen hatte. Sie fragte, ob sie etwas für mich tun könne, und strich mir mit der Hand durchs Haar. Ich schüttelte den Kopf, bedankte mich. Dann ging ich wieder hinein.

Aus Angst vor dem Sturm schloss ich das Fenster. Aus Angst zu ersticken machte ich es wieder auf. Aus Angst vor meinen Gespenstern verkroch ich mich im Bett.

Aus Angst vor meinen Träumen hielt ich die Augen offen und fixierte einen dunklen Fleck an der Zimmerdecke.

VII

Manchmal gingen wir auch in die Kirche, denn Oma glaubte an Gott. Frau Flock, eine ältere Dame, holte uns ab. Oma hatte ihr Sonntagskleid angelegt, ihr Haar geordnet und mit Haarspray fixiert, so dass es wie ein weißer Heiligenschein aussah. Als es an der Tür klingelte, trug sie im Badezimmer gerade etwas Farbe auf ihre Lippen auf.
Frau Flock führte uns über den Weg zur Straße, die beiden Frauen hatten einander untergehakt. Oma stützte sich außerdem auf ihren Stock; es ging nur langsam voran. Außerhalb der Wohnung ging Oma nie ohne ihren Stock, und wenn sie ins Auto einstieg, hob sie mit beiden Armen stöhnend ihr Bein ins Wageninnere.
Ein paar Mal hatte ich Sabrina in der Kirche getroffen; seitdem betrat ich immer in einer gewissen Spannung den Kirchenraum. Im Eingangsraum war nah der Tür eine Steintafel angebracht: ›Unseren toten Soldaten 1939-1945‹. Ich las die Namen und versuchte mir Gesichter vorzustellen, versuchte mir auszumalen, wie diese Menschen gelebt hatten, bevor sie in den Krieg mussten. Sie starben, ich aber lebte und ging mit Oma in die Kirche. Jede Woche starben sie, und ich ging mit Oma auf eine Bank zu, meist weit nach vorn, damit wir gut sehen und hören konnten. Dort setzten wir uns.
Die Predigten waren immer langweilig. Aber die Kirche selbst, ihre Säulen, der schwere Altar, die erhöhte Kanzel, die der Pfarrer vor Beginn des Gottesdienstes über eine gewundene Treppe erklomm, sein schwarzer Umhang, die in düsteren Far-

ben gehaltenen Gemälde, die an den Wänden hingen und die nicht nur heilige Männer und Frauen zeigten, sondern auch Tiere, fremde Landschaften und Kinder: all das faszinierte mich. Am liebsten wäre ich alleine gewesen und hätte das Gebäude erkundet. Ich war aber nie alleine hier, also blieb ich ruhig sitzen und bog meinen Kopf in alle Richtungen, worüber Oma immer schmunzeln musste. Nur wenn ich auf die Bank kletterte und mich über die Rückenlehne beugte, um das dunkle Bild mit dem Kamel und dem bärtigen Mann darauf zu betrachten, nur dann stieß sie mich an und zog mich leise in meine Sitzposition zurück. Dabei war das Gemälde eines meiner Lieblingsbilder: Ich hätte das Kamel gern gestreichelt, so zutraulich sah es aus. – »Scht!« flüsterte Oma mir zu. Nachdem das letzte Lied gesungen war – Oma sang gern und laut und schön – und der Pfarrer mit erhobenen Armen seinen Segen gesprochen hatte, war ich der erste, der von seinem Platz aufsprang. Ich zwängte mich zwischen den Leuten hindurch, grüßte, wenn ich gegrüßt wurde, und suchte Sabrina. Auch im Haus sah ich sie nur noch selten. In den Garten kam sie kaum noch. Mochte sie mich nicht mehr? Manchmal überlegte ich den ganzen Gottesdienst über, was ich ihr erzählen würde, wenn ich sie träfe; dabei glaubte ich mir selbst nicht wirklich, dass ich sie nur übersehen hatte, dass sie in der letzten Reihe saß und am Ausgang auf mich warten würde. An diesem Tag aber stieß ich tatsächlich mit ihr zusammen. Stieß buchstäblich mit ihr zusammen, denn während ich in Richtung Kirchenschiff nach ihr Ausschau hielt, stand sie in Wahrheit hinter mir. »Soll ich Sie mit nach Hause nehmen?« fragte Sabrinas Mutter im Hintergrund meine Oma. Oma bedankte sich erfreut.
Natürlich hatte ich mir auch heute wieder eine Geschichte für Sabrina überlegt. Sie hatte mit einem Kamel zu tun und damit, dass ich im Zoo einmal eine Unterhaltung zwischen zwei Ka-

melen belauscht hatte. Manche Kamele sind erstaunlich klug. Sie lassen Menschen für sich arbeiten und leben in ihren Gehegen wie in Hotelzimmern. Ich ging noch immer gern in den Zoo, auch wenn solche Ausflüge für Oma anstrengend waren. Als ich Sabrina jetzt aber gegenüberstand, schrumpfte meine Geschichte in mir zusammen, wurde klein und lächerlich. Ich dachte an Lars, dachte an die drei Jungs, die mir aufgelauert hatten. Den Anführer hatte ich verprügelt, aber auch das erzählte ich nicht. Ich kannte Sabrina ja schon gar nicht mehr, sie hätte meinen Bericht nicht verstanden. Wir waren in den Vorraum gedrängt worden, Sabrina quasselte ohne Unterlass. Sie war so schön mit ihren schwarzen Augen, dem schwarzen lockigen Haar, ich vergaß ganz, wo ich war. Einmal tauchte die Gedenktafel auf, und in diesem Moment stolperte ich in Sabrinas Richtung. Ein älterer Mann beugte den Kopf herunter, um sich bei mir zu entschuldigen, ich aber hielt Sabrinas Hand. Sie lächelte mich an. Mein Herz schlug bis zum Hals.
»Ich liebe dich«, murmelte ich undeutlich.
Dann standen wir schon im Freien, ein warmer Wind strich ihr durchs Haar.
Auf der Rückfahrt lag ihre Hand in der meinen. Sie lachte und berichtete von dem neuen Fahrrad, das ihre Mutter ihr kaufen würde. Sie war ganz stolz. Oma vorn auf dem Beifahrersitz erzählte etwas über das Ehepaar Santori. Ich konnte mich vor Glück kaum auf meinem Sitz halten.

Vormittags klingelte es an der Tür. Ich war wach, obwohl ich erst in den Morgenstunden in einen unruhigen Schlaf gesunken war. Ich schlug die Decke zurück, stand auf, zog mir eine Hose über. Dann ging ich die Treppe hinunter und zur Haustür.
Ich hatte Isabelle erwartet. Stattdessen stand jetzt der kleine

Deutsche vor mir, Kopf gesenkt, ein Geschenkpäckchen in der Hand mit Schleife und Blümchen. »Dir gehts besser, hm?« fragte ich. Es war schon heiß in der Sonne, also trat ich einen Schritt zurück. Der Junge blieb in der Tür stehen. Er murmelte etwas, ich konnte ihn nicht verstehen. »Was sagst du?« fragte ich. – »Danke«, sagte er noch einmal und hielt mir das Geschenk hin. Dabei hörte sich selbst das eine Wort an, als habe er es vorher auswendig lernen müssen. – »Komm erst mal rein«, sagte ich und schloss hinter ihm die Tür. »Hast du Hunger?« Er schüttelte kaum merklich den Kopf. – »Ich aber«, sagte ich und ging in die Küche.

Ich deckte den Tisch, wie ich es seit Tagen nicht mehr getan hatte. Er saß mir gegenüber, die Hände auf die Tischplatte gelegt, und sah mir zu. Erst als ich Kakao aufsetzte, ließ sein Blick Interesse erahnen. »Du hättest mir das nicht mitbringen müssen«, sagte ich und zeigte auf das Geschenk. »Ich hab ja schon alles.« – »Wirklich?« fragte er mit heller Stimme. Kurz sah er mir sogar in die Augen. – »Alles was ich brauche«, entgegnete ich. »Nur keine Spielzeugeisenbahn.« Da senkte er wieder den Blick.

Nach dem Frühstück gingen wir hinaus. Ich erzählte ihm von Isabelle. »Wir könnten einen Ausflug machen«, sagte ich, »irgendwohin. Wohin du willst.« – »Ist Isabelle deine Frau?« fragte er. Ich schüttelte den Kopf. »Sie ist aber sehr nett. Du wirst sie mögen.« – Er zögerte, lief mir dann aber doch nach.

Wir trafen sie vor Pierres Haus. »Tut mir leid wegen gestern«, sagte ich zu ihr auf Englisch. »Ich konnte einfach nicht reden. Ich hab furchtbar geschlafen.«

Wir fuhren ein Stück mit dem Auto, Arno durfte vorn sitzen, neben Isabelle, und sich sogar auf die Ablagefläche stützen, wenn er die Landschaft genauer sehen wollte. Er ist wirklich noch ein kleines Kind. Während der Fahrt vergaß er sich völlig

und rief manchmal aus: »Wer zuerst eine Kuh sieht!« Da hatte er sie natürlich immer schon entdeckt ...
Übrigens kann er besser französisch, als ich dachte. Seine Mutter ist Französin, und seit sich die Eltern getrennt haben, wohnt er in den Ferien hier im Dorf, bei der Tante seiner Mutter und deren Mann. Er ist nicht zweisprachig erzogen worden; inzwischen kann er sich aber wohl doch schon ganz gut ausdrücken.
»Wollen wir Familie spielen?« fragte Isabelle. »Gib mir einen Namen, Arno, willst du?« – Er überlegte einen Moment und sagte: »Leonie.« Sie deutete mit der Hand über ihre Schulter. »Und wie nennen wir ihn?« Er wandte den Oberkörper nach hinten und sah mich an. Da überkam ihn wieder seine Scheu. »Weiß nicht ...« murmelte er auf deutsch. – »Du kannst es ihr ruhig sagen«, raunte ich ihm ins Ohr. »Wenn ihr französisch sprecht, verstehe ich kein Wort.« Und ich zwinkerte ihm zu. – »Habt ihr Kinder?« fragte Arno. Ich schüttelte den Kopf. »Wohin wollen wir fahren?« fragte Isabelle den Jungen. – »Wer zuerst eine Kuh sieht«, rief der Junge, und gleich darauf, lachend: »Da drüben, auf dem Hügel!« Isabelle zuckte mit den Schultern, sie hatte ihn nicht verstanden.
Die beiden lachten viel miteinander. Isabelle lief ihm hinterher und packte und wirbelte ihn, dass die Beinchen flogen. Die knarrenden Bretterpfade, die an der Burg entlang oder an den Felsen hinaufführten, boten genug Geheimnis für seine Fantasie. Auf manchen Bohlen blieb er stehen und begann zu wippen und endlich sogar zu hüpfen, zu springen, wenn nur das Knarren unter seinen Füßen anschwoll; Isabelle zerrte ihn fort. Die Keller zogen ihn an, die Gewölbe. An einem Tor, durch dessen Gitterstäbe man eine Treppe hinab in die Tiefe sah, blieb er minutenlang stehen. Jetzt war heller Tag und Arno wurde immer ausgelassener.

Der Blick vom Burgplatz über das Tal: steil abfallendes Felsmassiv, unten Olivenhaine in der Mittagshitze und schmale Kieswege. Isabelle hob den Jungen hoch, ich wies mit der Hand auf entfernte Schlösser oder Burgen, die noch eben zu erkennen waren; da rief er schon: »Wer zuerst eine Kuh sieht.« Isabelle sah mich fragend an, ich übersetzte ihr. Jetzt konnten wir aber auch zu dritt keine Kuh finden.

Das Land ist weit und zwischen vereinzelten Hügeln flach, kleine Städtchen mit hellen Sandsteinhäusern liegen wie Spielzeugsiedlungen auf der Ebene. Autos schoben sich über gewundene Fahrbahnen, und über allem lag das klare, helle Licht eines weit geöffneten Himmels. Der Junge hatte sich an Isabelle geschmiegt und zog sie am Arm. »Ob Papa noch kommt?« fragte er. »Er spielt so gern Golf, und manchmal malt er auch, dann setzt er sich vor eine Kirche. An meinem Geburtstag hat er mir ein Bild geschickt. Soll ich dir das mal zeigen?« Isabelle sah den Jungen verständnislos an. Er begriff nicht, dass die Frau ihn nicht verstand. Erst als ich einen Schritt näher trat, hielt er inne und versuchte, französisch mit ihr zu sprechen.

»Er ist süß«, flüsterte Isabelle mir zu, worauf der Junge misstrauisch die Stirn runzelte.

Er wollte auf der Steinmauer gehen, die den Aussichtsplatz einfasste. Isabelle hob ihn hoch und hielt ihn an der Hand. Die Mauer überragte den Platz nur um weniges, fiel an ihrer Außenseite aber metertief steil ab; dem Jungen stockte der Atem. Mit beiden Händen griff er jetzt nach ihrem Arm, ging aber doch voran und glühte förmlich in seinem Stolz, strahlte vor Vertrauen, berauschte sich an einem Gefühl von Gefahr und Geborgenheit. Einmal beugte er sich sogar ein Stück über den Abgrund und sah hinab: Dichtes Buschwerk wucherte im Schatten der Steinmauer, weit, weit unter seinen Füßen.

»Siehst du da hinten?« fragte mich Isabelle auf Englisch. Sie wies auf einen weit entfernten Punkt zur Linken. »Den Wald?« fragte ich. Sie nickte. »Rauch steigt auf«, sagte sie. »In diesem Sommer brennt es häufiger als in allen Jahren zuvor. Man sagt, es gebe Menschen, die daran verdienen. Sie legen die Feuer selbst. Bei solch einer Trockenheit kann man Brände kaum löschen.«

Als wir den Platz verließen, hielten wir uns an den Händen. Der Junge ging in der Mitte und zerrte uns in Richtung der Holztreppen. Seine Hände waren verschwitzt, doch der Griff der kleinen Finger war fest. »Kommt!« rief er, »ich muss euch was zeigen.« – »Er will uns was zeigen«, murmelte ich Isabelle zu. Sie lächelte mich an.

Wir standen vor dem vergitterten Tor und blickten die Treppe hinab. Der Junge presste sein Gesicht gegen die Stäbe. Sie waren kalt und rostig und standen eng beieinander: Da war kein Durchkommen. Ich streckte die Hand aus und reckte den Arm in das Gewölbe. Isabelle rückte an mich heran und legte ihren Arm um meine Schulter. Jetzt war es ganz still. Ich schloss die Augen und spürte die Wärme ihres Körpers.

Im nächsten Moment lief der Junge lachend die Treppe hinunter. Sein Körper war schon nur noch ein schwarzer Schattenriss, seine Stimme prallte von den Wänden ab und schickte jedem Echo noch ein neues Johlen hinterdrein. »Kommt doch, kommt doch«, rief er uns lachend zu. Dann war er in der Dunkelheit verschwunden. Wir rüttelten vergeblich an der Tür.

Als wir ans Auto kamen, erwartete der Junge uns schon. Isabelle war ganz bleich geworden und schloss schweigend die Türen auf. »Wohin soll ich fahren?« fragte sie.

Ich weiß nicht, ob meine Oma vom Deserteur jemals wieder Nachricht erhalten hat. Hat er sie geliebt? Hat er ihr, während ihre Hand sich wie zum Schutz über seine Geldscheine legte, seine Liebe gestanden? Hat sie ihm geantwortet? Ihr Mann war tot, gestorben wie Millionen in einem Kampf, der von den Herrschenden zu einem mythischen Kräftemessen hochstilisiert worden war. Der Deserteur lebte. Wurde er geplagt vom Schuldgefühl des Davongekommenen, der dem gemeinsamen Schicksal seiner Generation ein Schnippchen geschlagen hatte? Waren es politische Überzeugungen oder moralische Erwägungen gewesen, die ihn die Flucht vor seiner Truppe hatten wagen lassen? In der Zeit, die er mit meiner Familie verbrachte, war er der Fuchs, der Augenblicksmensch, der für eine kurze Weile Unterschlupf gefunden hatte. Onkel Theo erinnerte sich später manchmal an ihn, fragte: »Was wohl aus ihm geworden ist?« Und indem er sich zurücklehnte und seinen Bauch klopfte, seufzte er: »Ich wünsche ihm, dass er seinen Frieden gefunden hat.« Vielleicht hatte er sich umgebracht. Das hielt wohl jeder, der mit ihm in der kurzen Zeit im Hause meiner Urgroßmutter gelebt hatte, für möglich.

Hat er sie geliebt? In Omas kleiner Holztruhe, die im Bücherschrank neben den dicken gebundenen Ausgaben der deutschen Klassiker, gerade in meiner Augenhöhe, stand, lag ein Brief, den er geschrieben hatte: Nicht mit der gebändigten konzentrierten Hand meines Opas Alfred, nicht in der damaligen Kinderschrift meiner Mutter, sondern ungestüm und ohne Geduld, ausgreifend, überstürzt; ich konnte nicht ein Wort davon entziffern.

»Willst du mir nicht mal vorlesen?« bat ich Oma. – »Ach Andi«, seufzte sie. Obwohl ihr Blick auf mich gerichtet war, schien es, als nehme sie mich gar nicht mehr wahr. Als sie wieder zu sich kam, erst mich, dann nach und nach das ganze Zimmer um uns her wiederfindend, schüttelte sie den Kopf. »Später einmal«, sagte sie und stellte die Truhe an ihren Platz zurück.

Ja, er hat sie geliebt. Onkel Theo hingegen, den die neue Nachbarschaft bald buchstäblich für den ›Onkel‹ hielt – war er der Onkel der Kinder?, der Onkel der Krankenschwester?, er war so rundheraus Onkel, dass er bald auch zu allen Anwohnern in einem sozusagen ›onkeligen‹ Verhältnis stand – Onkel Theo blieb ein stiller, ein unauffälliger Begleiter der Familie. Die schmale Rente, die er jetzt bezog, ging im Haushalt auf und Theo war zufrieden damit. Bei gemeinsamen Mahlzeiten schwieg er meist und quittierte es höchstens mit einer lateinischen Spruchweisheit, wenn die Kinder auf seine Kosten ihren Unfug trieben.

Über Omas Bett hingen drei Bilder: die gerahmte Fotografie ihres verstorbenen Mannes, ein Selbstbildnis von Leonardo da Vinci sowie ein Holzstich Albrecht Dürers: die gefalteten Hände. Öffnete man aber ihren prächtigen alten Sekretär, an dem sie manchmal saß und Briefe schrieb, so lugte einem aus einem Schubfach die Fotografie ihres »Onkel Theo« entgegen, eines dicken Mannes mit Glatze, der über seinem Doppelkinn milde lächelte und dessen Augen halb geschlossen waren; vielleicht war er müde oder er erinnerte sich schmunzelnd einer besseren Vergangenheit.

Bilder ihrer Kinder übrigens dekorierten die Wände über dem Grammophonschrank im Flur und den Platz über dem Esstisch im Wohnzimmer. Ich mochte am liebsten eine Aufnahme, die die vier Kinder nebeneinander stehend zeigte, links meinen alle überragenden Onkel Paul, daneben Onkel Gregor den Lebenskünstler, meine Tante Grete, und rechts, mit dunklen geflochtenen Zöpfen und in der Hüfte gegen ihre Schwester geneigt, die kleinste der Geschwister: meine Mutter. Ich weiß nicht, ob ich diese Bilder damals oft betrachtete, ob ich mir überhaupt die Zeit nahm, sie in Ruhe anzuschauen. Sie bildeten aber doch eine Folie auch meines Lebens. Wenn ich heute an diese Fotografien zurückdenke, so scheint es mir, als hätte ich sie gerade eben noch vor Augen gehabt. Nur das Bild des »Deserteurs« will in meiner Erinnerung keine deutlichen Züge mehr annehmen. Womöglich habe ich es überhaupt nur einmal gesehen.

Wir sprachen nicht viel auf der Fahrt. Ich fragte den Jungen, wie er zwischen den Stäben habe hindurch kommen können; meinem eigenen Zerren und Rütteln hatte die Tür jedenfalls nicht nachgegeben. Jetzt hatte ihn aber sein Übermut ganz verlassen. Er antwortete spärlich, wirkte befangen, vielleicht gaben wir ihm das Gefühl, Verbotenes getan zu haben. Isabelle lachte und wies auf eine Kuh. Sie rief sogar: »Muh! Muh!«, doch hatte ihr Lachen jetzt keine Kraft mehr.
Es war Nachmittag, als wir ins Dorf zurückkamen. Der Junge sagte auf Französisch, er müsse nach Hause. »Die Tante weiß ja gar nicht, wo ich war.« Ich hätte ihm gern seine Freude zurückgegeben. Wir stiegen aus dem Auto und ich hätte ihn gern hochgehoben oder ihn umarmt. Da hatte er aber schon wieder Angst vor mir und wich mir aus, als ich seinen Kopf streichelte. Also gab ich ihm die Hand. »Danke«, sagte er wie auch am Morgen schon einmal, »vielen Dank.«
Als er durch das Tor auf das Haus der Eheleute Bernard zuging, blickten wir ihm schweigend nach. Wir winkten.
Isabelle brachte mich nach Hause. Ich beschloss, noch am selben Abend meine Koffer zu packen.

Ich erinnere mich noch gut an den Tag, als Sabrina aus dem Haus fortzog. Es war im Winter und ich freute mich schon auf Weihnachten. Zum Geburtstag hatte ich einen Plastikelefanten bekommen, mit weißen Stoßzähnen und mächtigen Ohren, die vom Kopf abstanden. Er war fast so groß wie mein

Unterarm lang war und sah aus wie lebendig; stellte man ihn auf die Hinterbeine und hob den Rüssel in die Höhe – alle Gelenke ließen sich bewegen wie bei einem echten Elefanten –, so hörte man förmlich, wie er durch seinen Urwald trompetete. Natürlich war ich kein kleiner Junge mehr. Und es war auch nicht der Wunsch eines Kindes, sondern vielmehr der eines angehenden Weltreisenden und Afrikaforschers gewesen, den Oma mir mit diesem Geschenk erfüllt hatte. Was wohl zu Weihnachten noch folgen würde? Einen Safari-Geländewagen hatte ich in Omas Schlafzimmer schon ausgemacht, in der Größe bestens passend zu meinem Elefanten. Ich würde den Wohnungsflur, das Schlafzimmer, ja selbst das Treppenhaus noch in den schwarzen Kontinent verwandeln.

Ich kam von der Schule. In Telefonaten mit meiner Mutter sprach Oma gern davon, dass ich mich in der Schule »eingelebt« hätte; auch meine Leistungen hätten sich verbessert. So wird es gewesen sein: An meinen Schulalltag in dieser Zeit kann ich mich kaum mehr erinnern.

Ein düster verhangener Tag. Neben der Haustür standen Umzugskisten, im Türrahmen steckte ein kleiner Keil, der die Tür offen hielt. Aus dem Treppenhaus waren Rufe zu hören: »Vorsicht, Erwin!« – »Weiter unten anpacken!« – »Achtung, Kante!« Ich blieb im Erdgeschoss stehen und lauschte. Weit oben setzte sich der Fahrstuhl in Bewegung.

Zwei Männer kamen mir entgegen. Sie schleppten eine Kommode, einer der beiden trug einen blauen Handwerkerkittel. Als sie an mir vorbeigingen, erkannte ich sein Gesicht: Ein dickes Gesicht, der Bart war länger geworden und stand ungeordnet von den Schläfen ab. Doch noch immer wirkte die Masse dieses Körpers wie ein Schutz, wie eine Stütze; statt zu Boden zu ziehen, schien sein mächtiger Bauch den Hals, den Kopf nur noch weiter in die Höhe zu heben; der Mann war

ziemlich groß. Ich erschrak, senkte den Kopf. Von unten sah ich zu ihm auf und tat so, als hätte sich ein Riemen meines Schulranzens gelöst. Unsere Blicke begegneten sich, der Mann stockte. »Is was?« fragte sein Kollege, der hinter ihm ging. »Mensch mach mal hin du, ich kann das Ding nicht ewig halten.« Sie gingen nach draußen. Es hatte zu nieseln begonnen, der Tag wurde finsterer. Neben dem gegenüberliegenden Hochhaus konnte man in der Ferne schwere Wolken erkennen. Durch die Äste der Tanne, die in der Mitte des Nachbargartens stand, liefen Wellen von Wind. »Scheißwetter«, hörte ich den hinten gehenden Lastenträger noch fluchen. Dann bogen sie um die Ecke und verschwanden.
Nachdenklich ging ich die Stufen hinauf. Vor der Tür der Familie Maier lag ein neuer Fußabtreter. Im vierten Stock, wo Frau Beck früher gewohnt hatte, war ein Blumentopf umgestürzt. Ich stellte ihn wieder auf. Weit oben fiel eine Tür ins Schloss.
Oma hatte Kartoffelbrei und Erbsen gekocht. Das war mein Lieblingsessen. »Nanu? Schon so früh?« fragte sie, als ich die Küche betrat. Das Radio lief, der Kanarienvogel saß gelb und aufgeplustert auf seiner Stange und sang. Oma durchwühlte ihren Schrank nach Gewürzen, dann wieder rührte sie in einem dampfenden Topf herum, während sie sich mit der anderen Hand auf der Arbeitsplatte abstützte. Mir lief das Wasser im Mund zusammen.
Der Tisch war schon gedeckt. Sogar an den Elefanten hatte Oma gedacht: Er stand neben meinem Teller und streckte den Rüssel ins Glas. Oma kam mit einer Schüssel ins Zimmer. Vor dem Essen sprach sie immer ein kurzes Gebet.
Ich aß hastig. Auch Oma wollte nach dem Essen hinausgehen. »Eine große Hilfe bin ich zwar nicht mehr …« Sie lächelte. Mein Elefant lief über den Tisch. Bevor er etwas umwerfen

konnte, nahm ich ihn in die Hand und drückte ihn an meine Brust. Er war dick und fest, die Beine stämmig, der Rüssel hatte lauter Falten, nur die Ohren waren ganz glatt, sie fühlten sich an wie Perlmutt. Ich wartete ungeduldig, bis auch Oma ihren Teller leer gegessen hatte, dann sprang ich vom Stuhl auf. »Ich spül später ab, ja?« – »Geh nur«, sagte Oma sanft.
Direkt neben unserer Wohnung befand sich die Tür zum Fahrstuhl. Ich drückte den Knopf. Aus dem Schacht drang ein Rumoren zu mir herauf. Omas Kanarienvogel sang aus voller Kehle.
Ich betrat die Kabine. Auf dem Boden lag ein Fetzen Karton. Mit der Hand strich ich über die Rückwand: Sie war aus Metall und hatte kleine Noppen. Einmal hatte hier ihr Name gestanden.
Sabrinas Mutter öffnete die Wohnungstür. »Gut, dass du da bist, Andi!« Kisten standen im Flur, Zimmerpflanzen, zwei Matratzen lehnten an der Wand. »Sie ist in ihrem Zimmer«, sagte die Mutter und rückte einen Stuhl aus meinem Weg.
Sabrina hockte auf dem Boden. Schwarzgelocktes Haar fiel ihr übers Gesicht, mit der Hand strich sie monoton über den Teppichboden. Das Zimmer war ganz leer. Ich erinnerte mich daran, wie ich das erste Mal hier gewesen war: Damals war Sabrina durchs ebenso weiße und kahle Zimmer förmlich gehüpft und hatte sich ausgemalt, wie es einmal aussehen würde: Dort ein Schrank, im Eck eine Kommode, eine Truhe, ein Schreibtisch, Lampe, Leuchter, sie war wie verzaubert gewesen. Jetzt rieb sie sich die Augen und hob den Kopf. Sie hatte geweint. Ich wurde ganz traurig. Als ich ihr mit der Hand über die Schulter strich, wich sie mir aus: »Was weißt du denn schon!« zischte sie. Ihre dunklen Augen stachen auf mich ein.
Als sie aufsprang und den Kopf nach hinten warf, zeichnete

sich unter dem Pullover der Umriss ihrer Brust ab: Noch vor einem halben Jahr hatte sie anders ausgesehen. Sie lief in den Flur und schlug die Tür hinter sich zu. Auch durch die geschlossene Tür hindurch konnte ich hören, dass sie schluchzte.

Ich zögerte kurz, bevor ich ihr nachging. Ihre Mutter hielt zwei Gläser in den Händen, eines gab sie mir. Sabrina wollte nicht trinken. Sie hatte das Gesicht unter einem Schleier von Haar verborgen und rührte sich nicht. »Wir kommen zurück«, flüsterte die Mutter ihr zu. »Jedes Wochenende, wenn du das willst. Versprochen!« Ich stand etwas abseits. Wenn ich ihr nur helfen könnte!, dachte ich.

Die Möbelmänner kamen herein: Mit schweren Schritten, keuchend. Sie hielten gefaltete Plastikplanen in den Händen. »Was jetzt?« fragte der kleinere der beiden. – »Noch was Schweres«, brummte der andere. »Den Schrank da hinten!« Der Bärtige, den ich kannte, blieb neben uns im Flur stehen. Er wischte sich die Finger im blauen Kittel ab. »So traurig, junge Frau?« Der Mutter raunte er zu: »Ich weiß noch, wie Sie hier eingezogen sind. Jaja, aus Kindern werden Leute ...« Und er lachte sein tiefes glucksendes Lachen. »Wird schon wieder werden, mein Fräulein«, sagte er und strich ihr mit seiner riesigen Hand über die Schulter. An Gurten mit den Schultern einen Schrank tragend, so verließen die beiden die Wohnung. Sabrina rührte sich nicht.

Ich sprach sie an, sie reagierte nicht.

Erst als das Telefon läutete, kam wieder Leben in sie. »Nicht abnehmen!« rief sie der Mutter zu. Sie rannte selbst zum Apparat, der auf einer Kiste in der Küche stand. Sie nahm ihn und stürmte damit in ihr Zimmer. Das Kabel reichte gerade so weit, dass sie hinter sich die Tür schließen konnte. Ich hörte die Worte: »nie wieder sehen«, dann: »nur noch besuchen«.

Nach einer längeren Pause rief sie aus, und es hörte sich fast wie ein Freudenschrei an: »Wirklich?« Mit geducktem Kopf schlich ich aus der Wohnung.
Auf der Treppe stieß ich mit dem dicken Möbelpacker zusammen. Wasser rann durch sein Haar, draußen lief Donnergrollen über den Himmel. »Dich kenn ich doch«, murmelte er und umfasste meine Schultern. Er stand zwei Stufen unter mir und überragte mich doch noch immer. Er drehte mich ein Stück und sah mich an. Dann nahm er meine Hand, wie er es damals auf dem Dach getan hatte. Ein breites glückliches Lächeln bildete sich auf seinem Gesicht. »Weißt du noch?« flüsterte er und beugte sich zu mir herab. Wir sahen uns an. Er sah sehr lieb aus mit seinen weit geöffneten Augen, den dicken Backen und dem zerzausten Bart. »Du bist jetzt schon älter, als mein Junge war«, sagte er leise. Er strich mir mit der Hand über den Kopf. Ich merkte, wie mein Kinn zu beben begann. »Sie mag mich nicht mehr ...« stammelte ich. Aus Angst, in lautes Schluchzen auszubrechen, machte ich mich von dem Mann los. Oma humpelte die Treppen hinauf. Ich huschte an ihr vorbei. Unsere Wohnungstür stand einen Spalt offen, ich schlüpfte hinein. Den Elefanten auf meinen Knien, so saß ich vor dem Grammophonschrank am Boden und hörte Schallplatten. Am liebsten waren mir Abenteuerhörspiele, manchmal wünschte ich mir, selbst bei den Indianern zu leben. Oder bei den Seeräubern auf dem Meer, auf einem unergründlichen, endlos weiten und ewig schwankenden Meer.

Die Kellnerin, die sich vor einiger Zeit bei mir erkundigt hatte, was ich denn immer in mein Buch schriebe, kam an meinen Tisch. Sie stellte das Glas ganz leise ab; sie wollte mich nicht stören. Ich bedankte mich. Das Wort ›Damenliteratur‹ kam mir in den Sinn. Lächelnd prostete ich ihr zu.

Auch Monsieur Rollebon habe ich wieder getroffen. Er schien mich aber gar nicht mehr zu erkennen. Sein Haar klebte am Kopf und an der Stirn, zielstrebig steuerte er auf den Tisch einer jungen Frau zu. Er griff nach einem Stuhl und hockte schon ihr gegenüber. Wild gestikulierend erzählte er von seinem Leben. Ich habe die Frau noch nie gesehen, wahrscheinlich ist sie zu Besuch hier. Als ich der Fremde gewesen war, hatte Rollebon mir von seinen Heiratsplänen erzählt. Jetzt sprach er von seiner Ehefrau und davon, dass sie die Ordnung nicht ganz so innig liebe wie er. Er trank zwei Schnäpse und ein Bier dazu. Unvermittelt schlug er mit der Faust auf den Tisch. »Ach was rede ich! Eine Chaotin ist sie!« rief er wütend aus. »Eine Chaotin!« Die Frau wäre beinah vom Stuhl gefallen.
»Eine echte Frau strebt nicht nur nach Ordnung, sie i s t Ordnung«, deklamierte er mit erhobenem Zeigefinger.
Dann stand er auf und bedankte sich bei bei seiner Gesprächspartnerin. »Es tut gut, sich mal wieder zu unterhalten. Man findet selten Gesprächspartner in dieser Gegend ...« Und er deutete eine Verbeugung an.
Polternd verließ er die Kneipe.
Aus großen Augen sah die Frau ihm hinterdrein.

Wir standen an der Straße. Es war früher Abend. Zum Abschied umarmte mich Sabrina, was mich etwas verlegen machte. Dann stieg sie zu ihrer Mutter ins Auto. Der Möbelpacker legte seinen schweren Arm auf meine Schulter. Trotz des beträchtlichen Gewichts fühlte ich mich durch diesen Arm gestärkt. Sabrinas Mutter streckte ihren Kopf aus dem Auto. »Vielen Dank noch mal!« rief sie, »vielen Dank für alles!« Sie ließ den Motor an. Sabrina hielt ihren Arm aus dem Fenster und winkte wild und rief immer wieder: »Auf Wiedersehen! Auf Wiedersehen!« So sahen wir das Auto sich von uns entfer-

nen, rote Rücklichter glitten die Straße hinab und spiegelten sich auf dem nassen Asphalt.
»Können wir jetzt gehen?« rief der kleinere Möbelpacker meinem Freund zu. Er saß schon im Laster, in den die beiden das Mobiliar verstaut hatten. »Ich will schließlich noch zu meiner Familie heut Abend.«
»Auf Wiedersehen, Andi!« sagte der Riese. Er gab mir die Hand. – »Sie sind so nett«, stammelte ich. »Ich mag Sie sehr gern.« Ich wollte ihn gar nicht gehen lassen. Rußend und ratternd setzte sich der Laster in Bewegung. Eine dicke Hand flog durch die Luft und winkte, winkte, bis das Auto weit unten um die Kurve bog.
Ich war traurig und glücklich zugleich.
Zuhause erwartete Oma mich mit dem Abendessen.

Isabelle und Pierre kamen in die Kneipe. Pierre blickte sich um und schien froh darüber zu sein, hinterm Tresen nicht jenen Kellner zu sehen, mit dem er sich im Getränkekrieg befand, sondern dessen Kollegin; er winkte ihr zu und lachte durch die ganze Kneipe. Isabelle kam an meinen Tisch. »Ich wollte gerade gehen«, sagte ich. »Wollen wir spazieren?«
Sie nickte. Pierre stand schon mit zwei Dartspielern zusammen und hielt Pfeile in der Hand.
Es war eine warme sternklare Nacht. Das Dorf roch nach Erde und Blüten und Meer. »Ich habe mit Pierre gesprochen«, sagte sie. »Er möchte, dass ich ihm mit den Netzen helfe und im Boot. Er will seinen Motorkahn reparieren und wieder regelmäßig rausfahren. ›Man kann wieder mit Fisch handeln‹, sagt er, ›die Leute haben es satt, alles vom Großhändler zu kaufen.‹ Auch in der Kneipe könnte ich anfangen, Lucille will aufhören.« – »Und? Was hast du vor?« fragte ich. Sie sah mich von unten herauf an. – »Ich werde wegziehen«, sagte sie. Ich nahm

ihre Hand. »Es tut mir leid«, sagte ich, »ich sollte wahrscheinlich –«. Weil ich nicht wusste, was ich tun sollte, brach ich den Satz ab. Lachend zuckte ich mit den Schultern.
Wir gingen zum Strand hinunter. In ruhiger Bewegung brachen sich Wellen an den aufsteigenden Sanddünen. »Der deutsche Junge taucht wieder«, sagte Isabelle. »Ich hab ihn gesehen. Gleich nach unserm Ausflug ist er zum Meer gerannt, in der Hand einen Beutel, die Taucherbrille schon vor die Augen gespannt.« – »Wirklich? Und waren die anderen Kinder auch da?« – »Ich denke nicht«, antwortete sie. »Ich glaube, er war allein.« – »Dann übt er wieder«, sagte ich. »Manche Jungs tauchen zwischen den Felsbrocken durch. Es ist gefährlich, und man braucht einen langen Atem. Vielleicht sollte die Gemeinde einen Teil des Strandes für Kinder sperren.« – Isabelle nickte. – »Ich hätte nicht gedacht, dass er wieder hingeht.«
Wir wanderten bis zum Felsabbruch, hinter dem die Hungergrotte liegt. Ich wollte über das Geröll klettern, Isabelle schüttelte den Kopf. »Zu dunkel«, sagte sie. »Es ist gefährlich, glaub mir.« Wasser gurgelte und schnalzte in den Zwischenräumen, es roch nach Salz, nach Algen, nach zerstäubter Gischt. Das Dorf unter dem gelblichen Licht seiner Straßenlaternen sah von hier aus so klein und hübsch aus wie eine Ansammlung von Spielzeughäusern.
»Gehst du mit schwimmen?« fragte ich.
Wir saßen im Eingang der Höhle. Das Dorf war nicht mehr zu sehen. Leonora wollte, dass ich wieder herkomme«, sagte ich. »Vor Jahren, als wir auf der Durchreise waren. Wir verbrachten die Nacht im Hotel Peridot. Es gefiel uns so gut, dass wir drei Tage blieben. Dann mussten wir abreisen.« – »Hat sie dich gebeten, wieder herzukommen?« fragte Isabelle. – »Sie dachte vielleicht daran, dass wir uns einmal trennen könnten. Wir kannten uns erst ganz kurz. Später haben wir geheiratet.«

Uns war kalt. Sie rückte nah an mich heran. Ich rieb die Wassertropfen von ihrem Rücken. Sie schüttelte sich wie ein nasser Hund. Den Arm um ihre Schulter gelegt, blickte ich hinaus aufs Meer. »Willst du wieder nach Paris?« wollte ich wissen. Sie nickte. »Wirst du mich besuchen?« fragte sie. – »Bestimmt«, sagte ich, »versprochen. Ich habe mein ganzes Leben in Deutschland verbracht. Ein paar Reisen, kaum eine davon länger als eine Woche.« Ich lächelte. »Was war deine Großmutter für ein Mensch?« fragte ich. – »Meine Großmutter?« – »Ich hab mich oft an meine eigene Oma erinnert in der letzten Zeit, an meine Kindheit. Ich hab darüber geschrieben. Vielleicht hätten sich unsere Großmütter gemocht.« Der rote Faden am Horizont war verblasst. Jetzt war auch der äußerste Rand des Meeres von der Nacht erfasst worden. Am Himmel funkelten Sterne. Isabelle sah mich forschend an. »Sie ist niemals in Deutschland gewesen. Ich glaube, sie hat nach dem Krieg nie mehr einen Deutschen gesehen. Sie hasste das Land.«

Am Ende der Bucht war das Nachbardorf zu erkennen. Die Strandpromenade war erleuchtet. Ein Boot mit hellen Scheinwerfern legte ab, glitt lautlos mit seiner leuchtenden Spiegelung über das Wasser.

»Weißt du, wie lange du unterwegs sein wirst?« fragte Isabelle. – »Wegen der Fähre habe ich schon telefoniert. In Algerien werde ich mir ein Auto nehmen und nach Süden reisen. Ich habe kein Ziel, und es erwartet mich niemand. Womöglich bleibe ich in einem Dorf stecken, weil ich den Klang der Brandung mag oder weil eine alte Frau mir zuwinkt. Ich weiß es nicht.« – »Schreib mir«, bat Isabelle. »Oder ruf mich an. Ich werde mir Sorgen machen.«

Ich versprach es.

Als wir beide fünfzehn waren, trafen wir uns wieder. Meine Oma war gestorben. Mama und ich wohnten im Hotel. Sabrina war zur Beerdigung gekommen, vielleicht hatte Mama sie angerufen. Ich war benommen in meiner Trauer: Die Menschen flossen an mir vorüber wie Wasser, ich konnte mich nicht einmal darüber wundern. Gesichter zeichneten sich ab, die ich von früher kannte: Frau Wagner, das Ehepaar Santori, selbst der inzwischen vor Körperfülle kaum mehr bewegungsfähige Zirnsack. Onkel Gregor der Lebenskünstler weinte wie ein kleines Kind: Meine Mutter nahm ihn in den Arm. Der Pfarrer, bei dessen Predigten ich mich früher gelangweilt hatte, hielt den Beerdigungsgottesdienst. Offenbar hatten Mama und ihre Geschwister ihm Stationen aus Omas Leben geschildert: Mit ruhiger, besänftigender Stimme fasste er zusammen, was gewesen war.

Sabrina holte mich im Hotel ab. Wir schlenderten durchs Dorf. Noch heute weiß ich genau, dass sie einen engen roten Pullover trug, dass sie die lockigen Haare zum Zopf geflochten hatte und nach Parfum roch. Einmal legte sie ihre Hand auf meine Schulter und sah mir in die Augen. Drüben war die Eisdiele, in der ich mit Oma manchmal gewesen war. Ich streifte ihre Hand ab und ging weiter.

Wir sahen uns wieder, als wir nahezu zwanzig Jahre alt waren. Ihr schwarz gelocktes Haar, ihre dunklen Spiegelaugen –: sie war hübsch, doch löste ihr Anblick keinerlei Tumult mehr in mir aus. Wir trafen uns in einem Café im Städtchen. Ich selbst lebte im Westteil des noch immer geteilten Berlin, während Sabrina ein Jahr in London verbracht hatte und von Nachtclubs und ihren englischen Freundinnen sprach.

»Meine ganze Kindheit über habe ich für dich geschwärmt«, sagte ich einmal. – »Wirklich? Und ich war verliebt in dich,

als wir fünfzehn waren.« – »Wir haben uns doch kaum mehr gesehn«, murmelte ich. – »Bei der Beerdigung deiner Oma. Und danach hab ich dich bei deiner Mutter besucht, weißt du das noch?« – Ich nickte. »Natürlich.«
Zu diesem Zeitpunkt war Sabrina schon eine Erwachsene gewesen. Sie hatte sich für meine Meinungen interessiert und aufmerksam zugehört, wenn ich erzählt hatte. Natürlich hatte ich das bemerkt. Und es hatte mich gleichermaßen erfreut wie auch befremdet.
Überrascht sahen wir uns an. Ich spürte die Leichtigkeit eines neuen Selbstbewusstseins über mich kommen. Ich zahlte die Rechnung und wir gingen hinaus.
Wie gut ich die Straßen noch kannte! Sabrina konnte sich nur an Einzelheiten erinnern, während ich den Verlauf jeder Straße voraussagen konnte und die Fassaden aller Häuser und Geschäfte kannte. »Es ist wie früher,« sagte ich, »ich kenne schon alles, während du wieder ganz neu bist. Ich kann dir alles zeigen.« Und ich schmunzelte.
Wir gingen durch die Altstadt und warfen Münzen in den Brunnen. Ich wollte Schriftsteller werden und arbeitete an einem Roman über die Stadt der Zukunft, in der die Häuser so hoch sind, dass kaum ein Mensch jemals den Erdboden betritt. Er sollte den mehrdeutigen Titel ›Schwindel‹ tragen und die Welt, wie sie war, aus den Angeln heben. Vielleicht würde ich auch Filmemacher werden oder Drehbuchautor, immerhin kannte ich ein paar Studenten der Filmakademie. Ich war voller Pläne. – »Und dein Jurastudium?« – Ich winkte ab. »Langweilig. Aber als Grundlage nicht schlecht.« Überhaupt gab ich mächtig an.
Auf Umwegen führte ich sie zu unserem Hochhaus. Auch sie wurde ungeduldig, als die Straße sich bog und anzusteigen begann. Wir gingen schneller und schneller, die letzten Meter

rannten wir laut lachend den Hügel hinauf. Keuchend standen wir auf dem Bürgersteig. Vor uns führte die breite Einfahrt hinab zur Garage, links daneben lag der Weg, der ums Haus herum zum Eingang führte. Von unten sahen wir an der Mauer hinauf, die den Garten einfasste. »In meinem Buch sind die Häuser viel höher als das hier«, sagte ich. »Ein normaler Bewohner kennt überhaupt nur etwa zehn Stockwerke von seiner Welt, fünf über seiner eigenen Wohnung und fünf darunter.« – »Und die Architekten?« fragte Sabrina schnippisch. – »Sind wie Spinnenmännchen«, entgegnete ich. »Sie entwerfen große Gebäude und reichen ihre Entwürfe bei einer Baubehörde ein. Sie lieben ihre Arbeit: Und werden getötet. Übrigens ist der Sitz der Behörden selten weiter als fünf Stockwerke von ihrem Arbeitsplatz entfernt.« Ich war zufrieden mit dieser Antwort. Sabrina lachte.

Wir gingen den Fußweg entlang. Sogar das Muster der Steine am Boden war mir noch ganz vertraut. Manchmal hatte ich als Kind die Schritte nach System gesetzt: Der nächste Stein, den ich berühren durfte, war zwei Reihen weiter vorn und um ein Feld zur Seite versetzt: Pferdchensprung. Oma hatte mir beigebracht, wie man Schach spielt. An den Stufen, die zur Haustür führten, hatte man beidseitig Geländer angebracht. »Früher gab es die nicht«, sagte ich. »Oma hat sich manchmal darüber beklagt.«

Wir studierten die Namensschildchen an den Klingelknöpfen. Wagners wohnten noch immer im Haus, auch die Namen Hagner, Zirnsack, Schröter kannte ich. »In unserer Wohnung ganz oben wohnt Familie Heilig«, sagte Sabrina missbilligend. – »Passt doch.«

Die Tür öffnete sich und Frau Santori trat ins Freie, in schmutziger Jacke und flatterndem Rock, einen Regenschirm in der Hand. Erschrocken stammelte ich einen Gruß. Sie war noch abweisender geworden über die Jahre, ihr Haar war ganz grau. Ein strenger ungnädiger Blick huschte über mein Gesicht. Dann stieg sie bereits die Stufen hinunter. Mit der Rechten hielt sie sich am Geländer fest.

»Sie hat dich gar nicht erkannt ...«, murmelte Sabrina. Mit offenem Mund sah sie Frau Santori nach. »Natürlich hat sie mich erkannt«, behauptete ich. »Sie war auch früher schon – mürrisch ...«

Wir gingen hinterm Haus zum Garten: Die Büsche zu beiden Seiten waren noch dichter geworden, an einer Stelle lag ein roter Kinderhandschuh im Gestrüpp. Ich hob ihn auf.

Es war ein diesiger wolkenverhangener Tag. Sabrina wollte mir auf die Schulter tippen, ich wich ihr aus. Sie lief mir hinterher. Lachend und johlend rannten wir durch den Garten. Weit oben öffnete sich ein Fenster und das pausbäckige Gesichtchen eines kleinen Mädchens erschien. Ich legte mir den roten Handschuh auf den Kopf. Sabrina riss ihn herunter und warf ihn in die Luft. Das Mädchen weit oben lachte ein glucksendes Kinderlachen. Dann verschwand es.

Wir rannten um die beiden buschigen Kiefern herum, die auf dem Rasen standen. Schließlich stürzte sich Sabrina auf mich: Wir stolperten und fielen. Kurz strich ich ihr mit der Hand über den Kopf: Ihr Haar war schwarz und lockig wie das des Kindes, das ich geliebt hatte. Aus dunklen Spiegelaugen sah sie mich an.

Ich saß auf der Wippe und betrachtete die Bank, auf der Oma immer gesessen hatte. Damals hatte sie mir zugesehen und den Kopf gewiegt. Gerade als ich zu schaukeln begann, bog das kleine Mädchen um die Ecke. Sie war wohl gerannt, sie keuchte. Jetzt kam sie nur langsam und zögerlich auf mich zu.

Ich fühlte mich so frei, ich warf die Beine nach vorn und flog durch die Luft. Ich stieß einen Schrei aus, die Wand des

Hochhauses warf ihn zurück. Erst jetzt tat sich das Fenster des Herrn Zirnsack auf und ein grauer, heillos aufgedunsener Mann hob träge eine Hand in die Höhe. Statt eines zackigen Rufes oder der Drohung, die Polizei einzuschalten, erklang ein unartikuliertes Grunzen, das in meinem Jauchzen unterging. Aus purem Übermut ließ ich im Aufsteigen die Ketten los, an denen ich mich bisher festgehalten hatte und flog in hohem Bogen durch die Luft. Ich hätte in sicherem Stand auf den Füßen aufkommen wollen; stattdessen knickte mein Fuß ein und ich lag gekrümmt am Boden. Vor Schmerz rollten mir Tränen aus den Augen. Das Mädchen stieß einen Schrei aus und rannte in meine Richtung. Auch Sabrina war schon bei mir und schrie entsetzt auf mich ein. Herr Zirnsack grunzte noch einmal in den Hof hinab und verschwand in seiner Wohnung. Fast hoffte ich darauf, dass auch Omas Balkontür sich noch öffnen würde.

»Ist das dein Handschuh?« fragte ich das Mädchen und zog das Stoffknäuel aus meiner Hosentasche. Sie nickte. Ich zwinkerte ihr zu: Da lachte sie und klatschte in die Hände. Auch ich konnte schon wieder lachen.

Auf dem Rückweg – Sabrina stützte mich – kam uns Herr Zirnsack entgegen. »Gehts schon wieder?« fragte er mit seiner tiefen barschen Stimme. »Hab mir schon Sorgen gemacht, Andi.«
Ich gab ihm zum Abschied die Hand.

Dann gingen wir zur Straße zurück. Als wir ins Taxi stiegen, war mein Herz so voll von Trauer und Glück, dass ich noch einmal in die Luft hätte springen mögen, noch höher hinaus. Ich werde darüber schreiben, nahm ich mir vor. Irgendwo zwischen dem dreißigsten und vierzigsten Stock fantasiert sich ein Hochhausbewohner meine Geschichte. Und wieso auch nicht? Schließlich erfinde ich ja auch sein Leben. Und ich nahm mir vor, noch am selben Abend meine Arbeit fortzusetzen.

Wer mein Leben erfindet? Vielleicht ist dieser Mann, den ich damals in die Abgeschlossenheit einer kargen Wohnung steckte, ohne Vorleben, ohne Vergangenheit, in eine schwindelnde Höhe hinein, noch immer kaum einen Schritt vorangekommen: Er fantasiert sich in die Weite meines Lebens hinaus. Vielleicht sollte ich im Gegenzug über ihn schreiben: Die Kanzlei habe ich geschlossen, wer weiß, ob ich je wieder dort arbeiten werde. Darf ich aber an die Orte des Zwanzigjährigen zurückkehren, der ich war? Seit Leonoras Tod ist mir oft, als habe ich meinen Standort verloren, meine Heimat. Auch im Hochhaus würden sich nachts die Wände nach innen wölben, um mich zu zerquetschen: bis ich schreiend aus dem Bett taumelte und zur Tür liefe. Es gibt keinen Weg zurück. Das Fenster steht weit offen. Die Kugelbewegung der Erde hat den Mann wieder und wieder gegen die Wände, die Decke, den Fußboden der Zelle geschleudert, wenn er jetzt springt, fällt er nicht; er wird hinausgeschleudert in eine Weite, die kein Schrei mehr durchdringt.

Epilog

Wir sind am Morgen gefahren. Isabelle brachte mich zum Bahnhof, ihr Onkel Pierre saß auf dem Rücksitz und lachte und schlug mir mit der Hand auf die Schulter. Es war sonnig und heiß, wir hatten die Fenster heruntergekurbelt, die Haare flogen im Wind. Einmal begann der alte Mann zu singen, Isabelle fiel ein und selbst ich, der ich weder Melodie noch Text des Liedes kannte, improvisierte munter mit. Ich liebe diese Landschaft. Das helle Licht. Das unergründliche Blau des Himmels. Sandsteinformationen. Manchmal stiegen wir aus. Ein Kriegerdenkmal in der Mitte eines kleinen eingezäunten Rasenstücks: Der Steinsockel war übersät mit den Namen gefallener Soldaten, darüber standen zwei Bronzefiguren, ein geduckter Krieger mit Gewehr in der Hand, dahinter, halb schwebend, halb den Mann mit ihrem Gewand abschirmend, eine weibliche Engelsfigur. Ich las die Inschrift: ›Les enfants morts pour la patrie 1914-1918.‹ Wir besichtigten eine Kirche, es war kühl im Innenraum. Man hatte Lautsprecherboxen angebracht, durch die sich im Gewölbe gregorianische Kirchengesänge ausbreiteten. Das ärgerte mich etwas. Isabelle bemerkte es und sagte entschuldigend: »Wir werden noch einmal herkommen. Sie machen das nur zu bestimmten Zeiten an.«
Sie bevorzugte die kleinen Landstraßen. Die Landschaft schien sich unter der Hitze zu ducken. Mitunter deutete sie mit der Hand hier- und dorthin, und auch Pierre hätte am liebsten das ganze Land mit all seiner Schönheit in meinen Kopf gepackt. Weil ich die Hitze nicht gut vertrug, vielleicht auch, um die

Fahrt zu verlängern, hielt Isabelle immer wieder an, dann setzten wir uns an die Tische der Straßencafés, tranken kaltes Wasser oder Kaffee und sprachen miteinander. »Werden Sie wiederkommen?« fragte Pierre. »Bestimmt«, sagte ich. Ich hatte mir noch keine Zugverbindung geben lassen und wusste nicht einmal, welche Route ich nehmen würde auf meiner Reise in den Süden. »Andalusien ist wunderschön«, schwärmte Pierre. – »Sind Sie oft dort gewesen?« fragte ich. – »Ich bin überhaupt nur wenig gereist in meinem Leben«, lautete die Antwort. Ein gelber Sonnenschirm flatterte über uns im Wind. Die Kellnerin lächelte mich an.
»Das nächste Mal werde ich eure Sprache sprechen«, sagte ich auf Englisch. In einer kleinen Buchhandlung kaufte ich mir zwei Romane und ein Wörterbuch.

Ich sitze im Zug. Mir gegenüber eine junge Frau mit zwei Kindern. Sie lächelt mich an. »Was schreiben Sie denn da auf?« fragt sie. Draußen steht über einer weiten felsigen Landschaft rot glühend die Sonne am Horizont.
»Was war«, sage ich.

© Literaturverlag Droschl Graz – Wien 2012

Umschlaggestaltung &Co graphicdesign,
unter Verwendung des Fotos © sxc.hu/Adam Ciesielski
Satz: AD
Druck: Theiss

ISBN 978-3-85420-829-7

www.droschl.com
Literaturverlag Droschl Stenggstraße 33 A-8043 Graz